COLLECTION FOLIO

J.-B. Pontalis

Frère du précédent

Gallimard

Jean-Bertrand Pontalis, membre de l'Association psychanalytique de France, est l'auteur de plusieurs essais et récits.

Il a animé pendant vingt-cinq ans la *Nouvelle Revue de Psychanalyse* et dirige aux Éditions Gallimard deux collections, « Connaissance de l'Inconscient » et « L'un et l'autre ».

À Serge Lafaurie

J.-F. et J.-B.

Dans le dixième volume du *Grand dictionnaire universel* de Pierre Larousse qui en compte dix-sept apparaît à la lettre L mon arrière-grand-père paternel, Antonin. La notice qui lui est consacrée et que je le soupçonne d'avoir largement rédigée lui-même comporte une centaine de lignes. Elle est suivie d'une autre, plus brève : « Amédée, frère du précédent. »

Dans le *Larousse du XXe siècle* figure le nom de mon grand-père Germain. Il est suivi par Eugène avec la même mention : « Frère du précédent. » Dans les éditions ultérieures, *exeunt* Antonin, Amédée, Germain, Eugène.

Les deux frères, Antonin et Amédée, avaient trois ans d'écart, Germain et Eugène, deux. Mon frère aîné, Jean-François, et moi, Jean-Bertrand, un peu moins de quatre. Notre mère nous appelait J.-F. et J.-B. Était-ce pour gagner du temps ou pour qu'une seule lettre nous différencie ?

Antonin, né en 1830, et Amédée, né en 1833, appartenaient à ce que Daniel Halévy a nommé la République des notables. Ils siégeaient l'un et l'autre à l'Assemblé nationale. Fils d'un notaire, ils étaient bons catholiques, du moins quant à leur face visible ; ils avaient du bien ; ils faisaient preuve à l'Assemblée d'éloquence, quoique Pierre Larousse — là, c'est lui qui s'exprime — qualifie cette éloquence de « froide et verbeuse » allant jusqu'à parler de « limonade ». Bref, d'excellents conservateurs (que la France soit conservée en l'état, que le visage du monde ne change pas), proche pour l'aîné de M. Thiers, pour le cadet, des monarchistes.

Antonin était aussi ce qu'on n'appelait pas encore un intellectuel. Il est l'auteur, entre autres, d'un gros ouvrage sur « Jean de Witt, grand pensionnaire de Hollande ». Propriétaire, maire d'une commune en Seine-et-Oise, plusieurs fois élu député du département, père de deux fils, l'un et l'autre chartistes, le premier comme élève, le second comme professeur — Germain vouant de nombreux travaux à Jeanne d'Arc et poète à ses heures, Eugène, photographe aux siennes et auteur d'innombrables monographies sur les églises de sa région —, Antonin, décidément, pouvait être fier de lui. Il l'était.

D'Antonin j'ai retrouvé au fond d'un placard abandonné des couronnes de lauriers défraîchis et des croix d'honneur qu'il avait pieusement préservées, allant de ses années d'école jusqu'à la classe de rhétorique. Plus tard, j'ai découvert dans le grenier de la maison qui est mienne aujourd'hui son portrait en pied encadré de moulures dorées comme on en voit dans les musées. Je n'ai eu qu'une hâte : m'en débarrasser. Cet homme, ses favoris, ce regard hautain, ce gros ventre sanglé dans un habit de membre de l'Académie des sciences morales, tout dit la satisfaction de soi, la certitude de son bon droit à être ce que l'on est. Sartre, qui n'y allait pas de main morte, eût sans hésiter placé le portrait d'Antonin dans la galerie des « salauds » à Bouville. Je connais par cœur la dernière phrase des *Mots* : « Tout un homme, fait de tous les hommes et qui les vaut tous et que vaut n'importe qui. »

À la seule idée que je pourrais en vieillissant ressembler à mon arrière-grand-père, devenir à mon tour un notable et servir à mes lecteurs de la limonade, je sursaute : non, quand même, pas ça ! Lui en voudrais-je de lui devoir mon patronyme, à ce personnage infatué que je n'ai pas connu — il est mort en 1903 — mais qui, que je le veuille ou non, est mon aïeul ?

Il était né Lefèvre. Plus tard, sans doute pour se démarquer de la longue liste des Lefèvre et pour se donner, à la faveur d'un nom double, l'apparence d'un aristocrate, il ajouta, en même temps que sa maison de campagne fut baptisée château, Pontalis. Les Pontalis, c'était, c'est toujours un terrain agricole qui faisait alors partie de sa propriété. Quand j'ai commencé à écrire — et ce n'était pas comme lui dans *La Revue des Deux Mondes* mais dans *Les Temps modernes*... — je n'ai gardé que le nom de Pontalis. Pour me démarquer à mon tour, mais de la lignée familiale. Et puis, ça me plaisait bien de porter le nom d'un champ où poussent en alternance de l'orge et du blé. Avant cela, je ne rêvais que d'une chose : me fondre dans la foule des Lefèvre, être en quelque sorte un anonyme, un « n'importe qui ».

Pour autant, pas question de le renier, ce pesant patronyme. C'eût été renier mon père dont le nom, lui, ne figure dans aucun dictionnaire, seulement, à jamais, dans ma mémoire. J'ai eu, tout au long de mon adolescence, à résoudre cette contradiction : être, j'y tenais par-dessus tout, le fils de mon père et n'être à aucun prix le descendant de sa famille. Sans doute pour garder toujours vivante en moi, et en moi seul, l'image — non, pas l'image : la présence — de ce père aimé-aimant, mort très jeune, me fallait-il fuir tous les membres d'une famille qui avaient commis la faute impardonnable de n'être pas lui.

Peu m'importe Antonin. Après tout, ce n'était peut-être pas un méchant homme. À travers lui, c'est à bien d'autres que je m'en prends. À tous les *suffisants*, à tous ceux, qu'ils soient de droite ou de gauche, patrons ou ministres, petits ou grands, qui sont persuadés que le pouvoir qu'ils exercent est mérité ou, pire, justifié : il leur reviendrait de droit. Toujours me redire, au cas où je l'oublierais : « … que vaut n'importe qui ».

*

Frère du précédent. Un jour, il y a une vingtaine d'années de cela, J.-F. me dit : « Tu sais, ce que j'espère, c'est que, si ton nom apparaît dans un dictionnaire, j'y sois mentionné aussi comme frère du précédent. » Cela me fit sourire à l'époque, cela m'émeut aujourd'hui. Jean-François, un enfant si brillant, si charmeur, adulé par les « grandes personnes », un jeune homme si prometteur — deviendrait-il ambassadeur, écrivain renommé ? l'Académie française l'accueillerait assurément avec ferveur —, un garçon si doué, si drôle, si intelligent (tant de *si*, tant de *trop* ?), venu sur le tard à cet aveu, sincère ou feint, qui faisait de moi son aîné…

Me revient à l'instant une anecdote. Au cours d'une distribution des prix de fin d'année, je reçus — à mon tour d'être couronné de lauriers ! — un livre doré sur tranches intitulé *L'enfant prodigue*. Je me rappelle avoir dit au proviseur : « Ah ! non, mon frère, oui, pas moi. » (J'avais entendu *L'enfant prodige.*) Cela allait de soi : je ne pouvais, en ce temps-là, que m'effacer devant l'aîné, et voici que, cinquante ans plus tard, l'aîné s'effaçait, ne demandant humblement qu'à être le frère du précédent. Serait-il donc impossible d'exister sans que l'un efface l'autre ?

L'ancien enfant prodige, qu'a-t-il fait de ses dons ? Quel parti a-t-il tiré de ses lectures, de sa proximité avec des écrivains et des poètes — Cocteau, Genet, Olivier Larronde, Violette Leduc, Louise de Vilmorin, bien d'autres —, de ses rêveries prolongées que, pendant tout un temps, suscitaient les fumées de l'opium ? Qu'est devenu son « journal » où, j'imagine, il n'épargnait personne, ni ses amis ni lui-même, lui qui s'était exclamé à mon adresse : « Publier de son vivant, c'est d'un vulgaire ! Posthume, mon bon Jean-Bertrand, posthume ! » De lui, à part quelques pages inachevées, il ne reste rien. Même le « posthume », il l'a refusé.

Qu'as-tu fait de ta vie, Jean-François ? Toi qui peut-être m'aimais, sûrement me détestais. Et moi, de mon côté, qu'en était-il ? Invoquer l'ambivalence des sentiments, cet alliage si résistant de l'amour et de la haine, me paraît une réponse trop facile, passe-partout : quelle relation forte — amours, amitiés — ne peut être taxée d'ambivalente ? Je veux aller au-delà.

Oui, qu'as-tu fait de ta vie qu'il t'est arrivé de qualifier de végétative ? Et qu'ai-je fait de la mienne ? Qu'est-ce qui m'autorise à dire que la tienne fut un échec alors que je sais qu'il n'en existe pas de réussie ? Qu'est-ce qui t'a conduit, alors que tu sombrais dans le coma dans les derniers mois de 1999, à crier « Non » quand quelqu'un pénétrait dans ta chambre d'hôpital ? À quoi, à qui s'adressait ce « Non », unique mot que tu prononçais, toi qui fus bavard jusqu'à la logorrhée ? À la mort qui serait bientôt ta dernière visiteuse ou à la vie ? Et à quoi dis-je oui ? À la vie malgré tout ?

J'ai songé à te dédier ce livre dont j'écris les premières lignes. Vite, je me reprends : je ne vais quand même pas, maintenant que, mort, tu ne peux plus me nuire, chercher à me réconcilier. Il y a de l'hypocrisie dans cette pratique courante : comme on les aime, nos morts, alors qu'on avait tant à s'en plaindre quand ils étaient vivants !

C'est seulement quand je serai parvenu au bout de mon enquête que je saurai pour qui je l'ai menée, à qui ce livre qui n'est encore qu'un projet, et dont je crains qu'il ne le reste, est destiné.

La liste

Pas d'hésitation sur le titre. Il s'est imposé tout de suite : *Frère du précédent*. Je l'ai noté comme pour m'assurer que je ne pourrais pas l'oublier, pour m'assurer aussi que personne ne me le déroberait : il était là à l'abri dans mon « cahier privé ».

Ce livre-là il me fallait l'écrire. Absolument. Cela demanderait le temps qu'il faudrait, je pressentais que j'aurais du mal, que j'allais m'atteler à une tâche difficile, laborieuse, que le plaisir ne serait guère au rendez-vous. C'est égal : pas question de reculer. On aurait dit que je partais pour la guerre : « Ce sera dur mais il faut y aller ! » Mon histoire de frères était-elle donc une guerre ?

J'ai commencé par faire mon paquetage, par établir une liste de livres à lire, comme un thésard auquel le professeur recommande de rassembler d'abord sa documentation. Le plan, la distribution des chapitres, la rédaction enfin, ce serait pour plus tard. Je n'avais pourtant pas la moindre thèse à soutenir. Je voulais m'avancer sans idée préconçue (comme si c'était possible !) dans un continent qui m'était obscur. Mais je n'étais pas le premier à m'intéresser à des couples de frères. Des couples. Je mesurais la portée du mot. Des couples de frères, pas de fratries plus larges, pas de couple frère et sœur. Non, rien d'autre que cela : deux frères.

Une liste donc de personnages de fiction ou ayant réellement existé. Pas de jours où des noms, des titres ne viennent s'ajouter aux autres ; ma mémoire de lecteur, des amis consultés m'en apportaient sans cesse de nouveaux. La liste risquait d'être sans fin. Au bout de deux ou trois semaines je décidai d'y mettre un terme. Qu'en ferais-je ? Me serait-elle de quelque secours ou, au contraire, me paralyserait-elle ? J'entendais le professeur imaginaire me dire : « Vous allez vous perdre dans tous ces matériaux, être écrasé par leur poids. » Je ne jetai pas la liste dans la poubelle, je la mis de côté. Sait-on jamais ? peut-être pourrais-je la consulter plus tard, en extraire quelques visages, y prélever une idée, une image ; et surtout elle me permettrait d'emprunter des chemins multiples qui me détourneraient de celui que j'aurais d'abord suivi.

Cela dit, délivré de ma liste, des quelques notes que j'ai prises, je n'écris pas pour autant une ligne, je ne fais pas un pas sur un chemin que je voudrais tant voir s'ouvrir, pas un pas sur un terrain que je me suis promis de défricher.

Voici la liste. Je la reproduis telle qu'elle fut dressée, en vrac, dans le désordre d'une mémoire qui ignore les âges, dédaigne toute hiérarchie, et dans une précipitation fébrile. Oui, la fébrilité était extrême comme à la veille d'une aventure qu'on pressent aussi excitante que périlleuse.

Antoine et Jacques Thibault

(Tantôt je suis Antoine, le grand frère, le protecteur, le médecin, l'amant de Rachel, tantôt Jacques, l'insoumis)

Vincent et Théo Van Gogh

(Modèle de fraternité chaleureuse ?)

Marcel et Robert Proust

(Marcel chérissait-il son petit Robert autant qu'il le dit ?)

Edmond et Jules de Goncourt

Albert et Lucien Camus

(Voir *Le premier homme.*)

Alfred et Mathieu Dreyfus

(Des bons frères.)

Arthur et Frédéric Rimbaud

(Pierre Michon n'a pas oublié Frédéric dans son *Rimbaud le fils.*)

Pierre et Jean

(Maupassant. À relire.)

Gustave et Achille Flaubert

(Voir *L'idiot de la famille.*)

Les frères de Montgolfier, les frères Lumière…

Jean et Maurice Rostand

Caïn et Abel

(Commencer par là.)

Ésaü et Jacob

(La question du droit d'aînesse.)

Romulus et Remus

(*Exit* Remus.)

Étéocle et Polynice

(Lutte implacable pour la possession du trône. Finiront par s'entre-tuer.)

Jésus et Jacques

William et Henry James

(Voir la biographie de Léon Edel et la correspondance.)

Pierre et Thomas Corneille

Contes des frères Grimm

(L'un de ces contes a pour titre « Les Deux Frères ».)

Néron et Britannicus

« J'embrasse mon rival mais c'est pour l'étouffer » (souvenir du lycée).

Louis XIII et Gaston d'Orléans

Louis XIV et Monsieur

Le maître de Ballantrae de Stevenson

Les frères Holt de Marcia Davenport

(Deux frères à jamais marqués par une grand-mère despotique qui ne parviennent pas à échapper à une maison maudite ni à se séparer l'un de l'autre. Un roman magnifique, terrifiant.)

Orgon et Cléandre dans *Tartuffe*

Richard Cœur de Lion et Jean sans Terre

« Un fratricide » de Kafka

Vies minuscules de Michon

À l'est d'Éden de Steinbeck

Mon frère Yves de Pierre Loti

(« Je jure de veiller sur lui toute ma vie comme s'il était mon frère. »)

Castor et Pollux

L'angélus de Richard Millet

(« Nous étions des Dioscures. Notre royauté était de ce monde, et une ressemblance quasi parfaite notre seule gloire. »)

Les jumeaux

(Il doit y avoir une foule d'ouvrages sur la question.)

Un frère aîné mort avant la naissance du second qui devient le premier et porte le prénom du disparu.

Frères ennemis de Kazantsákis
(À lire.)

J.-F. et J.-B.

Bon, ça suffit, ça tourne à l'inventaire à la Prévert (au fait, les frères Prévert…).

L'empêchement

La liste une fois mise de côté, je me demandais ce qui m'avait si fébrilement poussé à l'établir et si abruptement décidé à l'interrompre. Recenser tous ces ouvrages, les commenter, faire défiler successivement tous ces personnages, en esquisser les portraits me rebutait. Quant au lecteur éventuel, sans aucun doute, il s'ennuierait ferme. Et puis si toutes mes enquêtes ne devaient aboutir qu'à mettre en évidence la rivalité jalouse qui est le plus souvent, manifeste ou dissimulée, au cœur de la relation entre deux frères, quelle inédite trouvaille ! Et pourquoi parler d'enquête ? Étais-je à la recherche d'indices qui me permettraient d'identifier le coupable ?

Je compris que donner à la liste toujours plus d'extension était une manière d'évitement. Je ressemblais à ces touristes qui vont de site en site, d'un portail d'église à un château fort sans quitter des yeux leur Guide bleu ou vert, cherchant à vérifier si ce qui est devant eux correspond bien à ce qui est inscrit dans le guide. Et ils ne voient rien. Ils refusent de se laisser absorber, ne fût-ce que quelques instants, par ce qui est là, à portée de leur regard, offert. Ils font plus confiance au guide qu'à eux-mêmes, ils ne savent pas percevoir. Que voulais-je donc éviter ? quel affrontement direct ? avec qui ? avec quoi ? Je ne détenais pas la réponse, j'étais incapable de cerner et même d'entrevoir ce qui, au bout du compte, était l'objet de mon enquête (toujours, l'enquête...). J'étais *empêché*. Des amis auxquels j'avais fait part de mon projet m'interrogeaient : « Alors, où en es-tu ? » J'esquivais, incapable aussi bien de renoncer audit projet que de m'engager dans sa réalisation.

Alors j'entrepris de rédiger des préfaces, des articles. Répondant à la sollicitation d'une amie, je composai pour la collection qu'elle dirigeait un petit livre. Je ne pris que du plaisir à l'écrire : là, nul empêchement, pas d'angoisse, rien de laborieux ; je m'abandonnais à une libre rêverie. Quelques semaines me suffirent qui furent comme des vacances.

Je savais qu'une fois ce temps de vacances passé, il me faudrait me mettre à l'ouvrage, tel le lycéen quand vient la rentrée. « Il me faudrait » : personne pourtant ne me demandait rien. Alors d'où venait cette contrainte, cette injonction ? À quel commandement devais-je obéir ? Serais-je Abel dont l'offrande est bienvenue ou Caïn qui voit la sienne dédaignée ?

Ah ! comme la formule : « Je l'aime comme un frère » me paraissait mensongère ! et quelle dénégation dans l'appel à la fraternité universelle ! Qui donc avait, plus justement, parlé de « frérocité » ?

Je n'ignorais pas pour autant — d'ailleurs ceci expliquait sans doute cela — qu'il existait une proximité, incomparable à toute autre, entre frères nés d'une même mère, héritiers d'un même père. Frères de sang, disait-on. *De sang* : leur relation ne pouvait-elle être que sanglante ? N'était-elle si intense, si tenace — comme si elle les tenait l'un et l'autre, l'un à l'autre — que parce qu'elle était fondée sur une concurrence native, sur une jalousie haineuse, sur l'envie (de quoi ?), sur une volonté de vengeance ; une rivalité venue de l'enfance qui pouvait se masquer un temps pour se révéler à la moindre occasion dans sa violence nue. Et sur quoi reposait-elle, cette rivalité ? N'était-elle qu'une résurgence du « complexe nucléaire », cet Œdipe qui, décidément, ne se décline jamais au passé ? Un déplacement de la figure du père sur celle du frère ? une haine détournée, plus facile à accepter car moins frappée d'interdit ? un désir toujours en quête de preuves d'être le préféré de la mère, l'élu du père ? Oui, tout cela était vraisemblable, je l'avais plus d'une fois vérifié. N'empêche, je pensais qu'il devait y avoir autre chose en jeu sans pouvoir saisir en quoi consistait cet « autre chose ».

Je me souvenais que naguère je m'étais intéressé à une nouvelle de Conrad, *Le duel,* qui raconte l'affrontement répétitif de deux officiers de la Grande Armée, de deux frères… d'armes. Quand pour un moment cessait le duel entre nations, le duel entre eux prenait aussitôt le relais. Je me suis intéressé aussi, quelque temps plus tard, mais sans faire alors de rapprochement avec la fraternité, à Jekyll et Hyde, à Frankenstein et sa créature démoniaque. Hyde était-il un double du docteur Jekyll, et le monstre un double du docteur Frankenstein ? Le frère serait-il un double, un autre trop semblable tel un miroir déformant dans lequel nous refusons de nous reconnaître : « Ce n'est pas moi ! et pourtant, si c'était bien moi ? »

Pas de doute : ce thème du couple fraternel m'occupait depuis longtemps.

Le maître de Ballantrae figurait en bonne place sur ma liste. Je n'avais jamais lu ce roman, pourtant très connu, célébré. Je savais seulement par ouï-dire qu'il contait l'histoire d'une lutte à mort entre deux frères. Je pressentais que j'y trouverais au moins un commencement de réponse à ce que je cherchais confusément, que ce livre devait être quelque chose comme l'archétype du sujet qui me tenait à cœur, mais je ne cessais d'en remettre à plus tard la lecture. Toujours, en moi, cette incapacité à aborder la question de front, à engager avec mon propre livre, auquel j'avais pourtant fixé rendez-vous, un duel dont je sortirais vainqueur. Non, je restais depuis des mois au bord du terrain.

Impossible pourtant de renoncer : je me saisis d'un bloc de papier, j'écris quelques lignes, bien décidé cette fois à avancer là où ça résiste. On verra bien ce que ça donne.

Une année s'est écoulée depuis que j'ai inscrit mon titre dans mon cahier privé, comme on grave un nom sur une pierre tombale.

À l'origine, quel meurtre ?

À en croire la Bible, l'histoire humaine commence mal. Le premier couple, créé à l'image de Dieu, transgresse l'injonction divine. C'est le péché originel. Et après, c'est pire encore. Qu'engendre le couple ? deux frères dont l'un sera le meurtrier de l'autre. Pourquoi pas un garçon et une fille ? L'affaire eût peut-être mieux tourné.

La Bible m'est restée longtemps inconnue. Les seuls épisodes qui m'étaient parvenus, je ne sais par quelle voie, sans doute par ce qui s'appelait « Histoire sainte » (dénomination ambiguë : ce n'était donc pas vraiment de l'Histoire, comme celle qu'on nous enseignait en classe, ce n'était pas non plus des légendes, comme celles qui figuraient, venues de pays lointains, dans la collection « Contes et légendes »), étaient les suivants : Caïn tuant Abel par dépit, Ésaü troquant son droit d'aînesse contre un plat de lentilles, le petit David plein d'astuce triomphant avec sa fronde du grand

Goliath. Maintenant je n'ai pas de mal à comprendre pourquoi ce sont ces épisodes-là qui ont impressionné le petit frère que j'étais. Mais, à l'époque, ce genre de rapprochement échappait à ma conscience.

D'autres épisodes m'étaient familiers : celui de Noé et de son arche où cohabitaient paisiblement autour de lui tous les animaux de la Création : l'harmonie, perdue avec l'exclusion du Paradis, n'était donc pas un rêve auquel il fallait définitivement renoncer… Et celui de Jonas séjournant dans le ventre d'une baleine. J'enviais son sort : trois jours et trois nuits, bien à l'abri du monde extérieur, tout comme aujourd'hui il m'arrive d'aspirer à un bref séjour dans un hôtel tranquille au bord de la mer ou encore dans quelque monastère, mais là, je craindrais d'y dépérir d'ennui. De la solitude, oui, si elle va de pair avec la liberté, mais de l'enfermement, non !

L'histoire de Jonas, je l'ai retrouvée plus tard dans un album de Töpffer, où l'on voit M. Cryptogamme couler des jours heureux en jouant au palet dans le ventre d'une baleine.

Étais-je porteur de quelque fantasme de « retour au sein maternel » ? Rien de moins certain tant je suis convaincu que venir au monde, à condition de pouvoir de temps à autre s'en éloigner, que respirer, que voir, qu'aimer, que rêver, qu'avancer pas à pas vers on ne sait trop quoi, que se sentir vivant sont ce qu'il y a de plus précieux. Je me plais à imaginer que ma naissance fut pour moi — pour mon frère, j'en doute ! — un heureux moment et que mon premier cri fut non de douleur ou d'effroi mais de joie.

*

L'histoire avait beau m'être connue, j'ai eu envie de la regarder de plus près. Elle paraît d'abord assez simple. À l'offrande de Caïn, des « fruits du sol », Yahvé a préféré celle d'Abel, « les premiers-nés de son petit bétail ». Caïn, furieux, se venge de l'affront sur son frère. Aurait-il redouté de s'en prendre directement au Père qui l'avait offensé, humilié ? Aurait-il déplacé son ressentiment sur Abel ? Le fratricide se serait-il substitué au parricide ? À moins que Caïn n'ait choisi d'orienter sa colère sur le préféré : il n'allait quand même pas être le gardien de son frère, le protecteur de l'élu !

Caïn est le premier meurtrier de l'Histoire — la liste de ses successeurs est infinie. Le crime se répète, l'origine ne cesse de se reproduire, le monde est criminel. Le crime et son déni. À la question que lui pose Yahvé : « Qu'as-tu fait de ton frère ? », Caïn répond : « Je ne sais. »

Alors, à quoi s'attend-on ? à ce que Yahvé maudisse le criminel ? Il le fait, sans toutefois paraître bien affecté par la mort d'Abel. Il prédit à Caïn un destin funeste, il le condamne à l'errance, ce sera pour toujours un fugitif, ce sera, croyais-je, un éternel coupable : « L'œil était dans la tombe… » Je me trompais : dans le temps même où il est maudit, le voici protégé : « Quiconque tuera Caïn, Caïn sera vengé sept fois » et voici que Yahvé met un signe à Caïn pour que ne le frappe pas quiconque le rencontre.

Là-dessus, Caïn peut partir tranquille. Il bâtit une ville à laquelle il donne le nom de son fils, Henoch. Pour un peu, le meurtrier serait à l'origine de la civilisation.

Je suis près alors de m'écrier, comme un enfant, « c'est trop injuste à la fin », mots qui me reviennent chaque fois que je me trouve maltraité, délaissé. Malheureux Abel, l'innocent, l'oublié de Dieu ! D'Abel, victime, je ne suis pas loin de faire mon héros.

Je viens de lire le subtil commentaire que l'écrivain israélien, Abraham B. Yehoshua, a donné de l'épisode. Il m'a fait entrevoir autre chose. D'abord l'auteur relève la différence du récit biblique en ce qui concerne la naissance des deux frères. « Ève conçut cet enfant Caïn et elle dit : “J'ai acquis un homme grâce à Yahvé", à croire que ce fils-là, le premier, est un don de Dieu, qu'il existe entre Ève et Yahvé un lien de "connaissance". Rien de tel dans la conception et la naissance d'Abel : "Elle enfanta encore son frère Abel." » Ah ! cet « encore »… Et Yehoshua conclut par cette formule que je fais mienne : « Dès le début, l'existence d'Abel se *résume* [je souligne] à être le frère de Caïn. »

Comment ne pas se confondre avec ce « résumé » ? Faut-il qu'un des deux frères triomphe sur l'autre ? l'anéantisse, pour exister ? Est-ce un malheureux destin ou un destin enviable que d'être frère du précédent ?

Traits

Quand le second est né, le premier s'est écrié : « Comme il est moche ! »

Quand le second est entré au lycée, il portait des culottes courtes, le premier des pantalons longs.

Quand le second a reçu le prix de thème latin (il en avait obtenu d'autres), le premier a glissé à l'oreille de leur mère, mais le second a entendu : « C'est le prix qu'on donne aux élèves appliqués qui ne sont doués pour rien. »

Le jour où le professeur de français a lu en classe la rédaction du cadet fut un grand jour pour lui. Il n'en dit rien à personne.

Le premier faisait rire la mère, le second jamais.

Entre la venue au monde du premier et celle du second, il y eut peut-être une petite sœur morte à la naissance, à moins que la mère n'ait fait une fausse couche (la chose ne fut jamais éclaircie).

Du premier, on disait qu'il était nerveux, du second qu'il était quasiment muet.

Le premier faisait des otites à répétition, le second se contenta d'avoir la rougeole.

Quand le second eut quinze ans, le premier lui fit découvrir la littérature.

Quand, à la même époque, ils vont se promener ensemble dans la ville, il n'y a plus de premier et de second, un des deux a quelques années de plus, voilà tout. Ce sont deux jeunes gens à la fois sérieux et rieurs qui échangent leurs impressions de lectures, imaginent la vie des passants qu'ils croisent. Ils diffèrent l'un de l'autre mais portent tous les deux la même canadienne. C'est l'hiver, l'air est vif, ils marchent d'un bon pas.

Quand l'aîné entreprend devant n'importe qui — un commerçant du quartier, un serveur de restaurant — de faire un éloge outrancier du cadet, celui-ci est affreusement gêné. Que va-t-on penser d'eux ? qu'ils sont l'un comme l'autre ridicules. Et puis il trouve ces louanges hypocrites. Tant de fois il a vu l'aîné faire des ronds de jambe à des amies de la mère pour, à peine avaient-elles le dos tourné, en dire pis que pendre. Depuis, il se méfie des faux-jetons comme de la peste. Un de ses amis, d'origine étrangère, maniant la langue française à sa manière, dit « doubles jetons ». Le cadet se méfie de ces êtres doubles qui changent de jeu, mais aucun n'est vrai.

Le cadet vient de retrouver quelques lettres qu'il a reçues de l'aîné. Certaines débordent d'affection, d'autres sont pleines de fiel.

Le premier est quelqu'un de très compliqué. Le second se veut et se croit simple. Il déteste l'affectation, la mascarade, il ne s'attache qu'à des femmes qu'il trouve « naturelles ».

Le premier, à l'exemple des grandes familles aristocratiques, se réclame de ses ascendants dont plusieurs ont connu une certaine notoriété. Il s'invente même des ancêtres plus illustres. Il n'a pas d'enfants. Le second n'a que faire des généalogies, réelles ou fictives. Ce sont ses enfants dont il se soucie, dont il est fier. Serait-ce sa façon de se situer au commencement, d'être le premier ?

Quand le premier parlait de quelqu'un, aussitôt il le rattachait à un autre, et cet autre à un autre, ainsi de suite. D'aiguillage en aiguillage, de bifurcation en bifurcation, il ne paraissait pas s'égarer, le train accélérait même, filait à toute allure. Le second, lui, était vite distancé, il ne pouvait pas suivre, il se demandait ce que le premier fuyait dans cette course éperdue. En se raccrochant à tous ces noms, tous ces lieux, à toutes ces histoires évoquées, en s'évertuant à parcourir le temps dans tous les sens, si c'était lui, l'aîné, qui s'était perdu ?

Ses visiteurs, le premier commençait par les porter au pinacle pour, quelque temps après les avoir, croyait-il, séduits, s'en saisir comme d'une proie. Il les humiliait publiquement (il lui fallait toujours un public). Alors ils s'enfuyaient, furieux contre eux-mêmes de s'être laissé ainsi berner. Il a fallu longtemps au second pour comprendre que c'était sans doute l'ancien enfant encensé par tous qui humiliait celui qu'il était devenu. Il cassait la façade.

Au dire de ses amis, le premier suivait de très près les succès du second. Il leur disait sa fierté d'avoir un frère comme celui-là. Le second ne l'a su qu'après la mort du premier.

Tout premier est jaloux du second, l'intrus. Le second est jaloux du premier arrivé. L'enfant unique pâtit d'être l'unique de sa mère. Dans une famille nombreuse, pas facile de trouver sa place. Il n'existe pas de bonne solution. Mais il y a pire encore : avoir été volé de son enfance.

« *Moi seul* »

Mieux qu'être le préféré, l'élu — comment en être sûr ? —, être l'unique. Et, mieux qu'être l'enfant unique, *devenir* l'unique.

« J'avais un frère plus âgé que moi de sept ans (...). Je ne le voyais presque point (...). Il tourna si mal qu'il s'enfuit et disparut tout à fait (...). Et voilà comment je suis devenu fils unique. »

C'est ce fils unique qui ouvrira son livre par ces lignes fameuses : « Je forme une entreprise qui n'eut jamais d'exemple et dont l'exécution n'aura point d'imitateur. Je veux montrer à mes semblables un homme dans toute la vérité de la nature ; et cet homme ce sera moi.

Moi seul. »

Livre unique. Homme unique. Moi seul.

J'ai lu plus d'une fois les *Confessions* de Rousseau, tout particulièrement le livre premier. Pourtant quand Stéphane Audeguy m'a parlé du frère de Jean-Jacques, j'ai cru que c'était une invention de sa part. D'autres lecteurs des *Confessions* ont réagi pareillement : « Rousseau avait un frère aîné ? Première nouvelle. »

Ainsi, tout comme Rousseau, nous le faisions disparaître, ce frère-là, ce « polisson » de frère aîné.

Faut-il pour devenir l'unique effacer l'autre ? Exclure définitivement celui qui risque d'être mon semblable, s'assurer que nul ne saurait être votre imitateur.

Ces deux-là
(1)

Ces deux-là habitent un coin perdu du nord de la Suède, au bord d'une forêt de sapins, au pied des montagnes. Ils se sont volontairement coupés du monde. Ils se nomment Hadar et Olof. Ils vont mourir. Ils le savent. Le premier, l'aîné, est rongé par un cancer qui plante ses crocs dans ses boyaux, il mange à peine, juste un peu de lard salé. Le second est atteint d'une maladie cardiaque, il se nourrit uniquement de sucreries, son corps est tout gonflé. Ils ont tous deux des tonnes de provisions comme si une guerre s'annonçait. « C'est la guerre », dit Hadar.

Chacun a son mal qui le détruit. Chacun a sa maison, une centaine de mètres les sépare, un sentier les relie. Un chat va d'une maison à l'autre. L'un dit que c'est une chatte, l'autre que c'est un chat. Un jour, Olof l'expédiera à Hadar, dans un carton. Décapité.

Il y eut aussi une femme entre eux et un fils.

Hadar en fut le père mais Olof était le mari de cette femme, il est le père légitime du garçon. Ce fils mourra d'un accident par la faute des deux pères.

C'est l'hiver, la neige tombe. Le chasse-neige passe de temps en temps, qu'importe ? Ils ne seront jamais assez isolés, ils se méfient de l'étranger, ils refusent d'aller à l'hôpital. Seule la présence de l'autre, là, tout près, très loin, à une centaine de mètres, leur est nécessaire. Ils ne se parlent jamais. Une jeune femme, débarquée dans ce coin perdu presque par hasard, fait le lien, comme le chat. « Qu'a-t-il dit ? » demande Hadar. « Qu'a-t-il dit ? » demande Olof.

Ces deux frères ne peuvent se passer l'un de l'autre. « Hadar est le seul être que j'ai », dit Olof. C'est vrai aussi pour Hadar. Leur haine fait survivre ces mourants.

Ils ne se sont pas toujours haïs. Ils aiment se souvenir de leur enfance, du temps où ils dormaient sur la même peau de mouton, taillaient des flûtes en saule, piégeaient les brochets. Comme le cadet admirait l'aîné alors, s'efforçait de l'imiter ! C'est d'être adultes qui les a séparés. Le seul fait de devenir adultes, cette mutation qui tue l'enfance complice, la jeunesse aventureuse.

Maintenant ils passent la plus grande part de leur temps allongés sur des banquettes semblables. La cuisine de l'un est la réplique fidèle de celle de l'autre.

La question qu'ils se posent est la suivante : qui

mourra le premier ? Hadar guette la fumée qui s'échappe de la cheminée de la maison d'Olof. S'il n'y a plus de fumée…

Ils mourront le même jour. La jeune femme portera le cadavre d'Hadar chez Olof. Elle renversera le corps du premier sur celui du second. À cet instant-là, elle pense que tous les deux sont enfin détendus et satisfaits dans leur étreinte fraternelle.

J'aime ce mot d'étreinte qui dit à la fois la lutte à mort et la violence intense de l'amour.

C'est Sylvie Germain qui m'a donné à lire *Miel de Bourdon*, cette histoire lourde de silences, pleine de fureur (l'explication du titre se trouve page 44). J'imagine qu'elle aurait pu en être la narratrice, la jeune femme qui écrit la vie du porteur du Seigneur, Christophe.

Vais-je lire tous les livres de cet écrivain suédois nommé Torgny Lindgren ? La curiosité d'aller plus avant dans son monde étrange m'y pousse, mais la peur d'affronter tant de désolation me retient — quelque chose qui serait proche de l'effroi devant la folie de la passion.

La passion : au-delà de l'amour et de la haine, au-delà peut-être de la différence des sexes. Deux en un.

Ces deux-là
(2)

Changement de décor : nous ne sommes plus au fin fond de la Suède mais dans le grand nord des États-Unis, au sud-ouest du Montana. Mais c'est le même froid, la même coexistence de deux frères, le même huis-clos au sein de l'immensité des terres avoisinantes, c'est une violence semblable, longtemps cachée qui finit par exploser, et cette étrange fraternité où l'amour et la haine sont indémêlables.

Ces deux-là sont riches. Ils ont hérité de leurs parents un ranch d'une dimension considérable, de milliers de têtes de bétail. L'aîné, Phil, a quarante ans, le second, George, trente-huit. Ils vivent ensemble dans leur ferme, ils ne se ressemblent en rien. On dirait que le destin, à moins que ce ne soit leur propre choix, a voulu qu'ils se différencient l'un de l'autre sans pour autant les séparer.

L'aîné est un brillant causeur, le cadet est taciturne. Phil est habile, il sait tout faire : tresser le cuir brut, gratter son banjo, jouer aux échecs. George est plutôt flegmatique, gauche, un peu lourdaud — son frère l'appelle « gras double ». C'est un brave type, alors que l'aîné, sardonique, ne manque pas une occasion de blesser les gens, de les humilier. Le plus sûr de ses multiples talents est de toucher là où ça fait mal.

Entre les deux frères, pas de dispute, pas de conflit apparent grâce à une ingénieuse division du travail : George s'occupe des comptes, c'est lui qui va à la banque de la ville voisine, qui rend visite au gouverneur ; Phil est proche de ses employés, de ses bêtes, des chevaux.

Le fragile équilibre se rompt quand George se marie et amène Rose, sa femme, veuve d'un médecin, à la maison. Alors Phil s'en donne à cœur joie. Tout ce qu'il y a en lui de dur, de cruel, se manifeste sans retenue — sarcasmes, allusions perfides, sournoiseries. La jeune femme finit par sombrer dans l'alcoolisme, prise au piège qu'il lui a progressivement tendu. Triomphe du pervers.

D'où lui vient cette passion de détruire ? D'un mépris haineux des femmes ou d'un amour caché pour son frère qui l'aurait trahi en choisissant Rose ?

La situation va se détériorer plus encore quand le fils que Rose a eu de son premier mariage vient pour quelque temps dans le ranch. Peter est un garçon étrange, en tout point opposé aux cow-boys affichant leur virilité. Il confectionne des *roses* en papier, dessine des plantes sauvages, se plonge dans la bibliothèque médicale de son père. Il n'en faut pas plus pour que Peter soit traité de chochotte, soit appelé Mlle Mignonnette.

Jusqu'au jour où l'« efféminé » révèle son intelligence, sa lucidité, la force qui est en lui, et où Phil, le cow-boy arrogant, découvre ce qu'il s'est toujours caché à lui-même.

L'intensité tragique de ce roman défie tout résumé. Son titre : *Le pouvoir du chien*. Son auteur, américain, se nomme Thomas Savage. C'est un des romans les plus forts que j'aie lus.

La quête du vrai frère

Après la mort de mon père, l'idée ne m'est jamais venue de lui donner un successeur. Un substitut, un *ersatz* de père, ces seuls mots me révulsent encore aujourd'hui. Mon jeune oncle François aurait pu, d'autant qu'il était mon tuteur légal, tenir lieu de remplaçant. Pendant les vacances d'été à Cabourg, il m'initiait à l'équitation, m'emmenait pêcher en mer, me demandait de l'accompagner au lever du jour quand il partait chasser à Sallenelles le canard sauvage ; il me laissait aussi, alors que j'avais dix ans, tenir le volant de son cabriolet décapotable. Il avait deux tout jeunes enfants et me traitait comme un fils aîné. Je l'aimais, oui, mais ce n'était pas mon père.

Si, à aucun prix, je ne voulais d'un père de remplacement, je crois bien avoir cherché un frère qui en serait un, pour de vrai. Cela m'est venu assez tard. Au lycée, j'avais d'excellents camarades très différents les uns des autres : ce pouvait être un brave garçon qui, déjà à quinze ans, portait un chapeau mou de monsieur et qui, une paire de jumelles pendues à son cou, m'entraînait au champ de courses d'Auteuil ; ou le dandy un peu fou dont j'enviais la désinvolture. Ce pouvait être aussi bien un cancre qu'un prix d'excellence, un fils de grand bourgeois qu'un chauffeur de maître déposait à l'entrée, que l'enfant d'une concierge d'une maladresse telle qu'elle lui attirait des quolibets et que je me plaisais à protéger.

Ils furent nombreux, ces camarades. Nombreux et facilement interchangeables.

Ce n'est qu'après ces années de lycée et durant tout un temps de ma vie que je fis d'un ami un frère, un vrai frère. Je ne lui assignais pas la fonction d'un protecteur, pas plus que je ne voulais être le sien. Notre amitié était fondée sur une absolue confiance réciproque. Conséquence : nous ne transigions pas — moi surtout à dire vrai — quand apparaissait le moindre manquement vite assimilé à une tromperie, voire à une trahison. Dans l'image du vrai frère menaçait alors de surgir celle du faux frère — ce qu'était le mien à mes yeux. Sans que le lien soit rompu, ce n'était plus tout à fait ça. Mon éloignement, parfois passager, souvent durable, ne venait pas, comme on pourrait s'y attendre, de ce que l'ami s'était épris d'une femme ; cela ne me gênait aucunement ; au contraire j'y voyais la confirmation que j'occupais une place à part, à moi seule réservée, tant que demeurait intacte la certitude que nous pouvions compter l'un sur l'autre, absolument.

Peut-être ai-je toujours pressenti que les femmes, même celles qu'on croit les plus sûres, pouvaient être infidèles, comme si elles étaient, par nature, changeantes, instables, imprévisibles, en quelque sorte infidèles à elles-mêmes. J'ai dû penser que seule *amitié* rimait avec *fidélité*. « Qu'un ami véritable est une douce chose. » L'aurai-je longtemps faite mienne cette croyance ! Mais, comme pour toute croyance, quand la réalité vient la démentir, la déception est égale à l'attente, à l'espoir que la croyance portait en elle.

Je me souviens de S., j'étais bien loin alors d'être un adolescent, je me disais que, dès l'instant où il serait à mes côtés, je pourrais, moi qui n'ai pas la vocation d'un alpiniste — la seule vue d'un précipice me donne le vertige —, faire à pied l'ascension du mont Blanc, pourquoi pas de l'Everest ? Ou affronter des tempêtes de sable dans le désert, ou encore m'enfoncer dans quelque jungle tropicale, que sais-je ? Et si c'était S. qui cédait au découragement, je serais là pour lui dire : « Allons, pas question de revenir sur nos pas, on avance, on y va. » À deux, la fatigue, la peur se surmontent plus facilement.

Notre amitié n'était pas nourrie de confidences. Nous ne nous sommes jamais raconté nos vies. Nous nous connaissions peu et nous nous connaissions mieux que personne.

Une femme peut vous laisser tomber d'un jour à l'autre (j'ai tendance à croire, sans la moindre preuve, que pour les hommes c'est plus rare et que leur retrait d'amour est moins brutal, qu'il procède pas à pas...). Un « ami véritable, cette douce chose », jamais ! Un serment tacite, un pacte secret garantit la fidélité. L'amitié devrait ignorer le divorce.

Souvent la distance entre l'ami-frère et moi ne fut que l'effet du passage du temps. Les rencontres s'espaçaient, les intérêts divergeaient et même le souvenir de notre fraternité passée s'effaçait. C'est tout juste si je ne me disais pas, comme lorsqu'on revoit des années plus tard une ancienne maîtresse : « Mais qu'est-ce que j'ai bien pu lui trouver ! » Nulle souffrance alors. Mais quand, sans que j'aie pu imaginer une chose pareille, l'ami-frère rompait notre alliance indéfectible en me faisant ce que j'appelais un coup fourré, ce n'était pas seulement ma confiance en lui qui était ébranlée. À qui, à quoi pourrais-je désormais me fier ? Toute certitude s'effritait, aucune promesse ne tenait, je devenais comme cet enfant désemparé que sa mère oublie d'aller chercher à la sortie de l'école et il attend des heures en vain sa venue. Ou bien elle s'est absentée un soir, sans l'en avoir averti ; reviendra-t-elle ? Ou, plus grave, elle l'aura abandonné à des inconnus parce qu'elle partait au bout du monde, affirmant que l'entreprise où elle travaille lui a confié un poste très lucratif en Argentine… mais si elle partait pour rejoindre son amant ?

Il se pourrait bien, j'y pense à l'instant, que ma quête d'un vrai frère — celui qui ne me ferait jamais défaut — soit celle d'une mère idéale, disponible quand on a besoin d'elle, attentive et discrète, à la fois distante (pas d'intrusion surtout) et proche. Elle est là, c'est tout et c'est assez pour qu'on puisse accorder un peu plus de confiance au monde et à soi.

J'ai depuis longtemps renoncé à trouver mon La Boétie.

Ces deux-là
(3)

Thomas va mourir. Ses plaquettes ne font que chuter. Elles l'entraînent vers sa propre chute. L'ennemi se dissimule dans le sang. Tous les traitements échouent.

Thomas va mourir. Il ne cesse de mourir. Son corps immobilisé sur son lit d'hôpital n'est plus un corps qui avance — vers quoi avancerait-il désormais ? —, c'est un corps qui ignore aussi bien le mouvement que le repos, ce n'est plus un corps qui a pu être désiré, touché, excité, caressé. Maintenant la seule caresse qu'il connaît est celle de la tondeuse qu'applique sur sa peau une infirmière attentive afin qu'il se présente bien net, tout lisse sur la table d'opération. À quoi sommes-nous résumés pour le chirurgien ? À un champ opératoire.

Le corps érotique est le premier à disparaître.

La capacité d'accueil d'un service hospitalier se compte par nombre de lits. L'hôpital exige des malades pour être rentable, pour tourner à plein régime. Il guérit parfois. Il traite toujours. Grande leçon d'humilité : nous nous prenions pour des humains, mais si nous n'étions que des choses, des machines fragiles ? Des hommes les examinent, les manipulent, les réparent quand ils le peuvent. Ils se tiennent debout, ces hommes-là, ils vont et viennent, on les entend rire dans le couloir avec les infirmières. Le matin, ils passent dans la chambre, ils cherchent notre nom sur la feuille attachée au bout du lit où est inscrit le zigzag de notre température, ils demandent si on a bien dormi ; leurs journées sont longues, leur temps est mesuré, nous n'allons quand même pas les retarder. On les respecte, on les hait, on s'en remet à eux, ils sont déjà partis. Notre voisin de lit gémit doucement : hôpital, silence.

Pour que les organes déréglés, comme s'ils se refusaient à remplir la fonction que la Nature leur avait assignée et décidaient d'entrer en rébellion, fonctionnent encore quelque temps, les appareils de secours ne manquent pas : tuyaux multiples, perfusions, cathéter, ballon d'oxygène, pompe à morphine... Entre la chambre d'hôpital et la chambre funéraire, entre le corps passif, réduit à presque rien, comme absent du monde, et le cadavre aux yeux clos, l'écart s'atténue jour après jour. C'est ainsi, ça ne peut pas être autrement.

Thomas est déjà mort avant d'être un cadavre. Le médecin légiste convoqué pour constater le « décès » prendra le relais de l'« équipe soignante ».

Claire est l'amie de Thomas. Elle ressent de l'amour pour lui. Mais, c'est un autre homme qu'elle aime, un autre corps que celui-là. Elle ne supporte pas de voir *ça*, elle a peur, elle s'enfuit. Thomas la comprend : comment pourrait-elle l'aimer, lui qui a cessé de s'aimer ? Comment pourrait-elle le voir, lui qui se regarde avec les yeux d'un mourant ? Il n'est pas de ceux qui ne consentent pas à se quitter.

Avant la naissance de Thomas, il y eut un enfant mort. La mère se refuse à en perdre un autre. Alors que l'état de son fils ne fait que s'aggraver, elle s'obstine à nier, elle s'écrie : « On va guérir », espoir, injonction qui mettent Thomas hors de lui. De quel droit ce « on » ? Lui seul est en cause. Les autres vivront, dans le chagrin sans doute, mais ils resteront en vie. Le temps guérit du deuil, dit-on. Lui ne guérira pas, c'est sa certitude, son unique certitude. Personne, aucun médecin, aucun thaumaturge, aucun dieu ne guérit la mort.

Lucas est le frère aîné de Thomas. Il aime les corps des garçons. Il les trouve plus lisses que ceux des femmes. Lucas et Thomas, enfants, se précipitaient ensemble dans les vagues de l'océan à Saint-Clément-des-Baleines, ils s'embêtaient pareillement pendant les repas de famille, ils allaient jouer tous les deux dans le jardin, sur la plage. Ils étaient proches. J'imagine que, passé ce temps de l'enfance, ils se sont éloignés l'un de l'autre. Les garçons pour l'un, les femmes pour l'autre.

À l'hôpital, ils se retrouvent. Ce ne sont plus les vagues puissantes qu'ils affrontent, à moins que ce ne soit une autre vague, irrésistible, ce ne sont plus des jeux qu'ils partagent, les jeux sont faits.

Lucas passe des heures auprès de Thomas. Il est son frère. Chacun d'eux est son frère.

Son frère est le titre du roman que j'évoque ici. Patrice Chéreau en a fait un film.

Peut-être l'histoire que je viens de résumer n'est-elle pas seulement celle de Lucas et de Thomas.

L'intrus, l'intruse

Nommer le Horla son persécuteur interne, quelle trouvaille ! C'est lui, ce Horla, cet intrus qui s'empare de nous dans nos cauchemars, c'est lui qui nous fait entendre des voix — la sienne, la nôtre ? Étrangement, ces voix ne disent rien, mais elles parlent fort, résonnent en nous. C'est lui, ce Horla, qui provoque les hallucinations visuelles, les apparitions des morts : hors moi, en moi. Comment l'expulser, le jeter dehors alors qu'il nous possède ? Il se présente d'abord comme un visiteur clandestin, comme un locataire de passage mais il ne tarde pas à se transformer en propriétaire abusant de ses pouvoirs. Oui, il s'approprie notre personne, ce que nous pensions être notre identité. Nous voici sa proie.

Le persécuteur interne a plus d'un visage. Il ne nous visite pas seulement dans le cauchemar ou le délire. Il arrive qu'il soit, sous une forme apparemment plus humaine, notre hôte permanent.

L'appellerions-nous alors surmoi, cette « instance » qui nous observe, nous surveille, épie nos moindres faits et gestes, qui nous accable en réveillant toutes nos hontes oubliées, en tournant en dérision nos succès, et nous rend coupables de tout et de rien ? Comme il peut être sardonique, comme il peut être féroce, ce surmoi, quand il veut ! Et il *veut*, il exige, mais ce qu'il veut nous reste obscur.

Par comparaison, le père le plus sévère ne pèse pas lourd.

Maupassant a sombré dans la démence peu avant d'être conduit, en camisole de force, dans la « Maison de santé » du docteur Blanche où l'avaient précédé Gounod, Gérard de Nerval, Théo Van Gogh, bien d'autres. A-t-il pressenti cette démence ? Je le crois, malgré ce que beaucoup ont pu dire, à commencer par sa mère qui ne voulait pas entendre parler de folie. Voyez les titres de tant de ses nouvelles : « Lettre d'un fou », « Apparition », « Fou ? », « Un fou ? », « La Folle », et, en fin de parcours, « Le Horla ». Cherchait-il à prévenir, à exorciser ce qui le menaçait ?

Origine assurée de sa démence : une syphilis mal soignée ou insoignable à l'époque, entraînant une paralysie générale, P.G. en abrégé. Faut-il aussi invoquer l'hérédité ? Une mère excessivement « nerveuse », sujette parfois à des crises de violence, ayant tenté de s'empoisonner, de s'étrangler, Laure, sans doute la seule femme qu'il ait vraiment aimée et qui, trompée par un mari volage, avait pour ambition de faire de son fils un grand écrivain (la thèse du fils comme « phallus de la mère » aurait-elle donc du vrai ?). Et puis, le frère cadet, Hervé, interné à l'hôpital de Lyon-Bron et mort avant Guy, en 1889. D'Hervé, on ne sait pas grand-chose, sinon qu'il aimait les fleurs, fut horticulteur à Antibes, se maria et devint fou. De quelle nature était sa folie ? Une P.G. lui aussi. « C'est toi qui es fou, tu m'entends, c'est toi le fou de la famille », aurait-il dit à son frère, qui prit soin de lui.

Hervé, le mal connu, qui serait aujourd'hui totalement oublié sans la renommée de Guy. Hervé, le frère du précédent, qui l'a précédé dans la démence et la mort.

En l'espace d'une dizaine d'années, Maupassant écrit trois cents contes et nouvelles, six romans, des vers (pas fameux), s'essaye sans succès, comme Flaubert, au théâtre. Il a souvent changé de domicile, de ville au point qu'on a pu le qualifier de dromomane, il a pas mal voyagé. Il a été un grand chasseur de femmes — c'était un « charnel » plutôt qu'un « sensuel » selon Alberto Savinio —, il les aimait « grasses » ; il ne dédaignait pas les plaisanteries grasses, elles aussi, voire scatologiques, « hénaurmes », à l'exemple de son maître. Il avait la stature et le cou d'un taureau, d'un taureau triste. Quand, le 7 janvier 1892, il a été conduit, pour y être enfermé, à la clinique du bon docteur Blanche, son délire était polymorphe : paranoïa — il accuse même son tout dévoué domestique François Tassart de lui avoir volé des millions —, mégalomanie — il est le fils de Dieu et de Jésus-Christ —, hypocondrie — ses aliments passent par ses poumons —, anorexie… À croire que, même dans la démence, il lui en fallait toujours plus !

Un jour, où sans doute plus calme il se promenait dans le jardin entourant la Maison de santé, il planta une petite branche dans la terre et déclara, lui qui ne se soucia guère de ses enfants : « L'année prochaine, nous aurons un tas de petits Maupassant. »

Se multiplier, se reproduire multiple. Cet homme est un noceur et un solitaire, un canotier charmeur, fier de ses muscles, et un familier des salons littéraires, d'une énergie vitale peu commune et hanté par la mort. On a beaucoup glosé sur le couple d'Éros et de Thanatos, mais Maupassant, lui, les a connus dans sa chair, ce conflit et cette alliance entre ces deux dieux ou ces deux diables qui nous animent et nous tuent.

Que fuyait-il dans son activité forcenée d'écrivain, dans sa chasse fébrile des femmes, dans ses déplacements incessants, sinon le néant ? Jules Renard, toujours lucide, l'a perçu : « Le néant l'a affolé et tué. »

Personne, peut-être, plus fortement que lui, n'a pressenti à quel point la frontière qui sépare la santé mentale de la folie — cette intruse, cet Autre qui fait voler en éclats notre moi — est fragile. Quel coup de folie a pu soudain frapper M. Renardet, maire respecté de sa commune, pour qu'un matin, au bord d'une rivière, il se rue sur la petite Roque, la viole et l'étrangle et en vienne à se précipiter du haut d'une tour ?

Que cherchons-nous dans la lecture des faits divers sinon à nous approcher de l'énigme, de l'insensé, de la radicale étrangeté inhérente au saut dans la folie, dans le meurtre ?

Étrangeté, l'inquiétante étrangeté : elle peut surgir à tout moment, là où nous l'attendons le moins. Pour preuve, entre mille autres, cet homme : son unique passion est la rivière, mais comme elle peut être perfide ! L'air est calme, la nuit magnifique, le paysage d'une rare beauté. L'homme monte dans son canot. Soudain le canot s'arrête et c'est, peu à peu, la peur qui s'insinue en lui jusqu'à devenir terreur. Des bruits bizarres, inconnus, le brouillard, ce brouillard qui efface tout contour, cache toute forme et alors ce n'est plus seulement le canot qui flotte immobile, enveloppé par le brouillard, c'est l'identité de l'homme qui flotte, qui vacille, qui disparaît.

Qu'est-ce qui retient l'ancre de la barque ? « Le cadavre d'une vieille femme qui avait une grosse pierre au cou. »

La folie serait-elle cette vieille femme qui nous serre le cou ? Et ce qu'on appelle le fantastique une des figures de la mort qui arrête l'écoulement de la rivière du temps ?

S'activer, ramer, danser pour masquer le néant, différer la victoire de l'intruse.

Une plume pour deux

« Nous serons les frères Goncourt. » L'aîné l'affirmait, le cadet le laissait dire. J'étais d'autant plus réticent que je doutais des talents littéraires de mon frère comme des miens. Nous n'avions à notre actif que des poèmes exécrables, lui à la manière de Cocteau, moi à la manière de Mallarmé. Mais j'étais aussi séduit par l'illusion qu'un destin partagé dans une constante harmonie — celle qu'offre si rarement l'amour — était chose possible : ainsi deux êtres qui n'étaient pas des jumeaux et que séparaient sept années avaient pu ne faire qu'un. Une vraie fraternité, de cœur et de plume, n'était donc pas un mirage, un frère pouvait tenir lieu d'âme sœur !

L'illusion ne dura guère.

Je n'avais pas lu une ligne des Goncourt à l'époque où mon frère prédisait notre avenir. Ni après. Par une sorte de méfiance, par une crainte obscure peut-être de découvrir quelque ressemblance entre Edmond et Jules et J.-F. et J.-B.

Aujourd'hui, soixante ans plus tard, je me suis procuré les trois volumes en « Bouquins » (plus de trois mille pages) du *Journal* des Goncourt, histoire de voir ce qu'il en était. J'ai lu l'essai que Roger Kempf leur a consacré. Je n'avais pas eu tort de me méfier, de me tenir à l'écart de ces frères-là. Que de fiel, que d'aigreur, que de haine ! Réactionnaires — tout va de mal en pis depuis 1789, cette révolution faite par « des gens qui puent des pieds » —, misogynes, avides de potins qu'ils consignent jour après jour, ils s'en prennent pêle-mêle aux Juifs, aux normaliens, aux critiques, à l'Académie française (faudrait-il encenser celle qui porte leur nom ?). Et, avec ça, souvent vulgaires, grossiers, eux qui se prévalaient d'une « écriture artiste », collectionnaient livres et bibelots, bataillaient contre ceux qui contestaient leur titre de noblesse : *de* Goncourt. Oui, mais voilà : leurs livres se vendaient mal et ils rêvaient de gloire , pour un peu, ils se seraient pris pour des écrivains méconnus, pourquoi pas pour des *maudits*.

Je me dis que, décidément, je n'ai que faire de ces horribles personnages. Puis je me reprends. Certes ils sont méchants — Edmond surtout, j'ai plus d'indulgence pour Jules, le cadet… — mais lucides aussi. Aucun travers, sauf les leurs, ne leur échappe. J'ai toujours eu peine à admettre que méchanceté et lucidité aillent si souvent de pair. Il m'a fallu du temps pour reconnaître qu'une certaine forme d'intelligence, celle qui se croit supérieure, est l'autre nom de la bêtise.

Ils se vantent, les Goncourt, de n'être épris que de vérité, de la *vérité absolue*, ils se disent prêts à mourir pour elle — c'est cela, selon eux, que les hypocrites et les chafouins ne leur pardonnent pas. Le fait est qu'ils la disent souvent, sans ménagement, qu'ils sont doués pour faire tomber les masques, même si leur plume est moins acérée que celle de Saint-Simon, leur modèle, et que le salon de la princesse Mathilde, cette « lorette sur le retour », n'est qu'une bien pâle réplique de la cour de Versailles.

Dire la vérité, « moi, j'ose », combien de fois ai-je entendu J.-F. s'enorgueillir de ce qu'il prenait pour de la franchise alors qu'il ne cédait qu'à un irrépressible désir de nuire. Humilier les autres lui conférait un pouvoir inégalable. Conséquence : il finit par se brouiller avec la plupart de ses amis, qu'il les éjecte ou qu'ils se lassent d'être si maltraités. « Le méchant meurt seul », disait Diderot.

Quel couple étrange que ces Goncourt qui sans doute n'ignoraient pas le vœu secret qui scellait leur union : « Nous sommes comme des femmes qui vivent ensemble, dont les santés se mêlent, dont les règles viennent en même temps — nos migraines viennent le même jour. » Après la mort de Jules, on appela Edmond « La veuve ».

Se vouloir deux femmes quasi jumelles, indifférenciées, eux qui n'éprouvaient que mépris pour les femmes, que dégoût pour leurs règles, qui se moquaient de leurs migraines et de leurs « envies de femme grosse ».

L'homosexualité a plus d'un tour dans son sac.

Je feuillette, amusé, irrité, le *Journal* en regrettant que celui que J.-F. a tenu pendant des années ait été perdu ou volé ou détruit par quelque proche furieux de s'y découvrir malmené, peut-être dénoncé dans ses turpitudes secrètes que, dans un moment d'abandon, il aurait confiées à celui qu'il tenait pour un ami, en oubliant que le lendemain matin tout serait enregistré sur le carnet caché au fond d'un tiroir.

Sur sa carte d'identité, mon frère avait indiqué comme profession « Homme de lettres », lui dont il ne reste pas une ligne. Une appellation désuète, à la Goncourt. Une appellation dérisoire, comme l'était sa recherche d'une généalogie prestigieuse. Elle prête à sourire à moins qu'elle ne rende triste à en pleurer.

Il m'est arrivé, à deux ou trois reprises, de rêver que J.-F. avait écrit — et personne n'en avait rien su — un roman à nul autre pareil, d'une qualité exceptionnelle qui le rendait célèbre. Ces rêves me laissaient désemparé : pourquoi avait-il laissé la chose secrète ? et que valaient mes livres à côté du sien ? Je redevenais le « frère du précédent ».

Je m'en veux aujourd'hui d'avoir suggéré à J.-F., pour qu'il sorte de son inaction, de cette vie végétative à quoi, disait-il, il était réduit, d'écrire la biographie d'un écrivain qu'il admirerait, un auteur aussi singulier par exemple que Raymond Roussel, ou encore des « portraits souvenirs » de ceux qu'il avait approchés dans sa jeunesse. Sa réponse était toujours la même : « À quoi bon ? » Maintenant, je m'aperçois qu'il entrait quelque condescendance dans mon conseil : « Comme ça, tu auras de quoi t'occuper. »

Mon trouble se dissipa au réveil après quelques secondes, le rêve où je faisais de J.-F. l'auteur d'un chef-d'œuvre s'effaça. Pas tout à fait, laissant persister la question : aurais-je méconnu mon frère ?

Ces deux-là
(4)

Théo Van Gogh donna à son fils le prénom de son frère Vincent. Quand l'aîné mourut, rien n'alla plus pour Théo. Ses affaires ne marchaient pas, il menaça sa femme et son fils, il fut interné. Six mois après la mort de son frère, il mourut.

Vincent et Théo sont enterrés côte à côte au fond du cimetière d'Auvers-sur-Oise, le long d'un mur. Derrière ce mur, des champs à perte de vue. Sur la pierre tombale, seulement leurs deux noms et ces dates : Vincent 1853-1890 et Théo 1857-1891.

Leur correspondance occupe deux gros volumes. Que seraient devenus Vincent sans Théo, Théo sans Vincent ?

Je ne compte pas les fois où, comme attiré par un aimant, je me suis approché de la tombe de ces deux frères-là. De préférence, dans le froid de l'hiver.

Ces deux-là
(5)

Ces deux-là sont du Havre. L'aîné s'apprête à ouvrir un cabinet de médecin, le cadet un cabinet d'avocat. Le premier est noir de poil, il s'emporte facilement, le second est blond, calme de caractère. Quand ils accompagnent leur père dans sa barque pour une de ces parties de pêche qu'il affectionne, le premier rame avec plus d'énergie, mais il se fatigue vite et c'est alors le second qui prend le dessus. Leur mère est à la fois économe et rêveuse, elle lit des romans et tient bien ses comptes. Elle approche de la cinquantaine, elle fut une jolie femme. Leur père, propriétaire d'une boutique prospère à Paris avant de se retirer, vit désormais de ses modestes rentes. C'est un homme paisible, avec un gros ventre, qui aime avant tout les promenades en mer. Quant aux deux frères, on pourrait penser qu'ils sont à la fois assez différents et assez semblables pour que chacun poursuive son propre chemin sans nuire à l'autre. Bref, une famille bourgeoise sans histoire jusqu'au jour où…

Le jour où… fut celui-ci : le notaire fait part du testament d'un vieil ami de la famille qui lègue au cadet une importante fortune. Le voici soudain riche, très riche. Tout heureux de ce don inattendu, il ne cherche pas à savoir pourquoi il en est le seul bénéficiaire. Les parents exultent. L'aîné cache sa déception. Il ne veut pas, par orgueil, céder à la jalousie, sentiment qu'il juge vulgaire, indigne de lui. Il erre sur le port comme une âme en peine, il va se confier à un vieux pharmacien un peu fou, à une fille de bar qui a de la tendresse pour lui. Il a mal sans savoir où, il souffre mais d'une souffrance inconnue. Puis l'interrogation se fait de plus en plus insistante : pourquoi ce legs destiné au seul cadet, plutôt qu'aux deux frères puisque le donateur les aimait également ? Mais comment oser diriger ses soupçons sur sa mère qu'il aime religieusement ? Il entend déjà les ricanements de ceux qui, parlant d'un des deux fils, diraient : « Lequel ? C'est le vrai ou bien le faux ? Le légitime ou le bâtard ? » Alors il enquête puis se fait inquisiteur, n'est pas loin de torturer par ses questions l'être qu'il chérit le plus au monde. La mère avoue. Oui, elle a aimé Léon Maréchal d'un amour d'autant plus fort qu'il était clandestin. Sans doute l'aime-t-elle encore en secret.

De lui elle a gardé, dissimulé dans un tiroir, un médaillon.

L'aîné, le fils légitime, s'appelle Pierre. Le second, le fils adultérin, s'appelle Jean. Étrange renversement des rôles : ce sera Pierre l'exclu, Jean l'élu. Il a la fortune, achète le bel appartement que convoitait Pierre qui n'avait pas les moyens de le louer, il épouse la jeune femme que les deux frères courtisaient et, ce qui importe avant tout, il conquiert l'amour de la mère, lui, l'enfant de l'amour, alors que Pierre n'est que le fils d'un médiocre boutiquier. « C'est trop fort à la fin, il n'y en a plus que pour lui ! » Ce cri de révolte, Pierre ne le pousse pas, qui l'entendrait ?

Victoire sur toute la ligne de Jean. Le « vrai » fils est devenu le « faux », le bâtard est l'enfant-roi.

Pierre, mis à l'écart, s'embarque sur un paquebot. Loin des siens qui ne sont plus les siens. Il s'étend sur un petit lit de marin étroit et long comme un cercueil. Le médecin qu'il remplace l'a accueilli à bord. Ultime et ironique coup du sort : cet homme ressemble à Jean comme un frère…

L'auteur de *Pierre et Jean* a consacré une trentaine de nouvelles au thème de la bâtardise. Son père selon l'état civil était Gustave de Maupassant. Une rumeur longtemps persistante avant qu'il ne soit prouvé qu'elle était infondée prétendait qu'il était le fils de Gustave Flaubert. D'un Gustave l'autre...

Infondée, la rumeur assurément, mais assurément aussi, Maupassant eût préféré être le fils, au moins spirituel, de ce Gustave-là qu'il admirait plutôt que de l'autre qu'il n'appréciait guère.

Une seule certitude : il était bien le fils de Laure née Le Poitevin. *Pater semper incertus, mater certissima.*

Je ne sais plus bien ce qu'a pu être le « roman familial » que j'ai inventé, autour de ma dixième année, et tenu secret avant que l'oubli ne le recouvre. Comme beaucoup d'enfants, j'ai eu, pendant un temps, la conviction — une conviction fragile, c'est pourquoi il fallait impérativement la taire — que mes parents n'étaient pas mes vrais parents, qu'ils m'avaient adopté. Je ne m'attribuais pas, comme c'est le plus souvent le cas dans l'invention d'un roman familial, une origine prestigieuse, fils d'un roi ou de quelque princesse. Par je ne sais quel tour de passe-passe je m'étais arrangé pour que mon père adoptif et mon père géniteur soient le même ! À la fois conçu et adopté par lui, je bénéficiais ainsi d'un privilège par rapport à mon frère : je n'étais pas seulement le fils préféré de mon père mais son fils unique. Et la mère dans cette affaire œdipienne un peu particulière ? Sa place restait incertaine, son rôle restreint, proche de celui d'une hôtesse qui m'accueillerait dans sa maison. Peut-être au fond de cette étrange construction y avait-il le pressentiment qu'en renonçant — ou en me l'interdisant — à conquérir la femme qu'est aussi une mère, toutes les autres femmes me seraient permises, me seraient accessibles, et cela avec la bénédiction d'un père que je devinais — la chose me fut confirmée plus tard — extrêmement sensible au charme des femmes.

En somme la formule classique se trouvait inversée : *mater incerta, pater semper certissimus.*

Ces deux-là
(6)

Certains se découvrent un frère autre que le leur.

Sigmund Freud (de Vienne) et Wilhelm Fliess (de Berlin). Si je regarde leurs photographies, j'ai peine à les distinguer l'un de l'autre. Pendant des années, ils ont échangé de longues lettres. Fliess faisait part à Freud de ses idées, souvent étranges, Freud confiait à Fliess bien de ses secrets. Ils se disputèrent la découverte de la bisexualité puis se brouillèrent définitivement.

On a pu soutenir que Fliess avait tenu lieu d'analyste à Freud.

Gustave Flaubert et Louis Bouilhet. Cette fois, quand on regarde leurs photographies, ils se ressemblent tant qu'on dirait des jumeaux.

D'autres, surtout s'ils n'ont ni frère ni sœur, s'inventent un compagnon imaginaire.

Et puis il y a ceux, plus nombreux qu'on ne le croit, qui ont eu un frère mort avant qu'ils ne naissent. Comment l'appeler cet inconnu ? Mon grand frère ? mon petit frère ? mon demi-frère ? ou bien le considérer *comme* un frère ? Le livre d'Antoine Billot, *La part de l'absent*, gravite autour de la question, montre l'insistance de l'énigme. Elle peut être considérable cette part de l'absent, surtout dans la mémoire et le cœur de la mère, et alors quelle part reste au survivant, ce frère du précédent ? Peu de chose, rien, moins que rien.

Vie et mort me sont entrelacs, écrit Georges Perros né après celui qui « pesait moins de trois kilos… il était condamné à mort ».

Et puis, et puis, il y a le frère adultérin, clandestin, le frère dissimulé, par le père ou la mère. Si c'était lui l'enfant du désir ? Comme on l'envie, comme on le hait, comme on l'aime en secret !

Marcel et Robert

LUI : « Je suis désappointé de ne rien recevoir ce matin. Je te quitte tendrement, t'embrasse tendrement, t'aime tendrement et compte t'étreindre tendrement samedi. »

ELLE : « Ah que ne suis-je avec toi mon chéri, on marcherait à tâtons dans ta chambre ! »

LUI : « Je suis content de te savoir à Dieppe. Je te "vois" mieux. »

ELLE : « Mon pauvre petit loup [...] Mon pauvre exilé » (l'exilé est à Fontainebleau).

LUI : « Je te soupçonne de ne pas lire mes lettres, ce qui serait infect. »

ELLE : « Je suis *outrée* ! que tu *oses* dire que je ne lis pas tes lettres quand je les lis, relis, regrignote tous les petits coins et puis le soir tâte encore s'il reste quelque chose de bon à savourer. »

LUI : « J'aimerais tant et je veux si absolument pouvoir bientôt me lever en même temps que toi, prendre mon café au lait près de toi, sentir nos sommeils et notre veille répartis sur un même espace de temps. »

« La vérité, c'est que dès que je vais bien, la vie qui me fait aller bien t'exaspérant, tu démolis tout jusqu'à ce que j'aille de nouveau mal. »

« Tu ne peux, ni n'es sur le chemin de pouvoir me faire du bien positif [...]. Si je t'attriste c'est par des choses qui ne dépendent pas de moi. Dans toutes les autres je fais toujours ce qui peut te faire plaisir. Je ne peux pas en dire autant de toi. »

ELLE : « Je te ferai la concession de ne t'écrire qu'une fois par jour. »

« Quels remords d'avoir méprisé, dédaigné, éloigné un tel bienfaiteur [le téléphone]. Entendre la *voix* du pauvre loup, le pauvre loup entendre la mienne. Rien que ton hello ! »

En écho, ces mots de lui, quand elle a cessé, par la mort, de lui écrire, de lui téléphoner. « Un fil délicieux nous réunissait. »

J'extrais ces quelques lignes des cent cinquante lettres échangées entre une mère et son fils aîné pendant une vingtaine d'années. On y trouve tous les ingrédients d'une correspondance amoureuse où alternent déclarations d'amour, fâcheries, reproches, protestations comme dans celles que

Mme de Sévigné, qu'aimait tant lire et citer Mme Proust, échangeait avec sa fille.

Le cadet, Robert, suivra la voie tracée par son père, le professeur Adrien Proust. Il sera médecin comme lui, il aura lui aussi une brillante carrière, il se mariera, aura deux enfants. Marcel n'a apparemment que des mots gentils pour celui qu'on surnomme Dick. Il l'appelle « mon bon chéri, mon chéri, mon cher petit frère ». Il signe : « Ton frère qui t'adore. » (Il fut un temps lointain où J.-F. commençait et signait ainsi les lettres qu'il m'adressait.) Quand il lui dédicace *Le côté de Guermantes*, c'est avec ces mots : « À mon frère bien-aimé que j'admire et que j'aime du plus profond de mon cœur. » Autre dédicace pour *Du côté de chez Swann :* « À mon petit frère, Souvenir du Temps perdu, retrouvé pour un instant chaque fois que nous sommes ensemble. »

Est-il possible que deux frères soient *ensemble* plus qu'un instant ? Ne sont-ils pas contraints de se séparer, de marquer leur différence ? D'aller, l'un du côté de la mère adorée, profanée, l'autre du côté du père admiré, respecté ? Plus qu'une différence, une bipartition : l'un s'éprendra des garçons, l'autre prendra femme, l'un se vouera à la littérature, l'autre à la médecine.

Jean-Yves Tadié a noté la fréquence de ce couplage médecin/écrivain : William et Henry James, les frères Giraudoux, les frères Mauriac, entre autres. Sans oublier les frères Flaubert, Achille qui sera médecin comme son père dont il porte le prénom, et Gustave qui en viendra à s'enfermer dans son gueuloir de Croisset comme Proust dans sa chambre hermétique de la rue Hamelin où il mourra d'épuisement.

Faut-il donner un sens à cette bipartition ? L'un va à la recherche des signes souvent dissimulés de la maladie — le fameux « sens clinique » ; il scrute le corps, l'ouvre si nécessaire. L'autre scrute l'âme dans sa complexité au moins égale à celle de notre organisme, il pénètre toujours plus avant dans l'intériorité et, ce faisant, il dévoile les plis et les replis de la société de son temps. Ils sont l'un comme l'autre des investigateurs passionnés, des observateurs attentifs aux détails, ils avancent au-delà du visible. Proust est un grand clinicien de la comédie humaine, du deuil, de l'amour, de la jalousie. La jalousie : un organe malade, et le mal peut finir par occuper tout le terrain comme une tumeur maligne qui dissémine.

Freud n'a-t-il pas parlé d'« organe psychique » ?

On dirait que l'écrivain Marcel et le chirurgien Robert ont délimité le « champ opératoire » propre à chacun d'eux ; peut-être même échangent-ils leur scalpel ?

Le docteur Robert Soupault (tiens ! un autre

Robert ; frère de Philippe, l'écrivain, le coauteur des *Champs magnétiques*) a été l'élève de Robert Proust. Il en a parlé en termes admiratifs et affectueux et il a relevé chez le chirurgien des traits proches de ceux de Marcel : « Même lenteur, même longueur, même invention paradoxale, mêmes réticences. La phrase chirurgicale est bien la sœur de la phrase littéraire de Marcel. » La sœur… Il me vient une idée saugrenue : si Proust avait eu une petite sœur, il n'aurait peut-être pas été asthmatique !

Dans une lettre qu'il envoie à son frère, Marcel cite ce vers de *Rodogune :* « Ô frère plus chéri que la clarté du jour. » Il omet le vers suivant qui commence ainsi : « Ô rival. » En cherchant bien, sans doute trouverait-on, au détour d'une lettre à la mère, quelques traces écrites de cette rivalité fraternelle. Elle est inévitable. Les jumeaux l'ignorent-ils ? Elle doit bien apparaître un jour, afin qu'ils se différencient.

L'aîné qui, avant d'être désigné comme l'aîné, a été l'unique, se trouve, sans qu'il y soit pour rien et sans avoir démérité, dépossédé de son trône ; déchu, il redoute l'exil. Qu'est-ce donc que cet intrus, que cet usurpateur ? Ne suffisait-il donc pas, lui, l'unique, à combler le désir de sa mère ? Freud a insisté là-dessus, sur ce que suscitait l'arrivée intempestive du puîné. « Jusqu'à votre énième année vous vous êtes considéré comme le possesseur unique et absolu de votre mère (curieux : le père est oublié dans l'affaire) ; à ce moment-là un deuxième enfant est arrivé et avec lui une forte déception. » Et, bien avant Freud, saint Augustin dans ce passage bien connu des *Confessions* où il évoque un enfant devenu tout pâle en voyant un autre enfant téter le même sein que lui. Serait-ce là l'origine de l'envie ?

On a moins insisté sur le sort du puîné, condamné à se faire une place, à réclamer sa part, rien qu'une part, de l'amour de la mère. S'il échoue, il lui reste la possibilité de se tourner, comme Robert, du côté du père.

Que Marcel, malgré ce qui ressemble à des déclarations d'amour à son « petit frère chéri » — elles nous paraissent excessives, donc suspectes, mais avec Proust, c'était le cas avec tout le monde —, ait douloureusement vécu l'arrivée de l'intrus est chose possible. Certains commentateurs l'ont affirmé jusqu'à y voir l'origine de sa « nervosité » et de son asthme, un mal qui contraignait sa mère à prendre soin de lui. Ainsi, ils resteraient toujours près l'un de l'autre, il pourrait se plaindre de ses suffocations, elle pourrait le consoler au risque de l'étouffer par trop d'amour.

Le père, quoique grand hygiéniste, restait impuissant face aux crises. Désarmé.

Dans la *Recherche*, mère, grand-mère, tante Léonie, le professeur Adrien Proust, Montesquiou, tant d'autres, ils, elles, sont là, transfigurés par la création, démultipliés en cinq cents personnages. Le frère, non. À moins qu'il ne faille le chercher chez un autre Robert, Robert de Saint-Loup. Étrange alliance dont on peut penser qu'elle n'est pas délibérée, entre le vrai prénom du petit frère et le « loup », le « pauvre loup » si passionnément aimé par Jeanne Weil. Saint-Loup ne se voit pas toujours doté, au long de l'œuvre, du même prénom : il lui arrive d'être appelé Charles, Guy, Henri, Jacques… Oui, mais Loup, le « pauvre Loup » demeure, lui, inchangé.

Céleste Albaret a raconté la scène. Proust est gravement malade, une pneumonie, il refuse de se soigner. Robert vient à son chevet : « Je suis médecin et je suis ton frère. Il faut absolument que tu acceptes de te soigner. Sinon il faudra qu'on te soigne malgré toi. »

La protestation ne tarde pas : « Comment ? Tu voudrais m'imposer quelque chose ? Va-t'en, je ne veux plus te voir. Je t'interdis de revenir si c'est pour m'imposer quelque chose. » Enfin, in extremis, la violence éclate.

Imposer. Le petit frère n'allait quand même pas prendre le dessus ! Je n'ai pas besoin de toi, je ne veux pas de tes soins, de tes infirmières, de ta médecine. Va-t'en, une fois pour toutes. Laisse-moi seul avec Céleste, avec Maman, avec ce Temps qui n'a ni commencement ni fin et qu'il me faut *incorporer.*

Madame la Mort vint quelques jours plus tard.

Dans une lettre adressée à l'une de ses correspondantes préférées, il avait écrit : « Sortir, même si malade, ce ne serait rien, mais rentrer quand mon premier mot était "Madame est là ?" »

Parts égales

Dans *L'amour des commencements*, j'ai consacré quelques pages aux grandes vacances que nous passions chaque été à Cabourg avant la guerre. J'avais adressé le livre à mon frère, nous avions partagé ce temps-là. Il me dit : « Je ne suis pas parvenu à le lire, d'ailleurs je n'y ai rien compris. » Très vite, il se reprend : « Et puis tu dis que Marie nous confectionnait pour le goûter des quatre-quarts. Mais jamais, jamais, mon bon Jean-Bertrand. Les quatre-quarts, c'est bourratif, ce n'est pas bon du tout, c'étaient des tourtes aux abricots. » Comme sa mémoire est sans défaut, j'acquiesce. « Mais bien sûr que j'ai raison. Alors — et il me regarde droit dans les yeux — si tout ce que tu dis est faux, quel intérêt ? »

Il a le visage d'un juge qui serait à la fois sévère et légèrement apitoyé par la niaiserie du mis en examen. Je plaide mollement pour ma défense : « Tu sais, nos souvenirs sont toujours plus ou moins déformés, la mémoire, même si on la croit fidèle, est largement une fiction, à chacun la sienne, etc. » Il me répond seulement : « En tout cas, la tienne est très sélective. »

Après qu'il m'a quitté, c'est à mon tour de m'interroger : « Pourquoi ai-je parlé de quatre-quarts, un gâteau que je n'apprécie guère ? » Soudain l'évidence s'impose : « Parce qu'il est composé de quatre parts égales — œufs, farine, beurre, sucre. » Mon erreur, mon lapsus, venait donc de là : d'un souhait non exaucé et comme tel toujours présent, celui de recevoir une part égale de l'amour d'une mère qui affirme pourtant — pieux mensonge que commettent toutes les mères — qu'elle aime *également* J.-F. et J.-B., Robert et Marcel...

Et puis, nouvelle évidence : ce n'était pas l'histoire du quatre-quarts qui avait provoqué l'indignation de mon frère. À la fin du même livre, j'avais raconté comment notre mère, dans les dernières années de sa vie, me téléphonait chaque soir, à la même heure. Le chapitre en question s'intitulait « Au bout du fil ». Le fil entre nous, si souvent coupé (par ma faute, par la sienne ?), était de nouveau rétabli. Peut-être même était-ce la première fois qu'il nous reliait. Nous n'échangions que de pauvres mots, mais le courant passait, une tendresse réciproque osait enfin s'avouer.

C'était cela que J.-F. n'avait pu tolérer. Je lui

volais *sa* mère ! C'est à lui seul qu'elle appartenait. Peut-être toute sa jalousie — son envie plutôt — à mon endroit ne venait-elle que de son refus que nous soyons issus d'une même mère, sortis d'un même ventre. Après tout, ce qu'il manifestait, lui, ostensiblement, est sans doute vrai, mais bien enfoui, pour chacun de nous : il ne nous suffit pas d'être ou de nous croire le préféré, il nous faut l'exclusivité. Une mère ne saurait être indivise. C'est la mienne, ce n'est pas la tienne. Que pensent d'autre les maris jaloux ?

Un psychanalyste bon observateur a pu dire un jour en écoutant un collègue défendre bec et ongles sa théorie face à l'un de ses critiques qui proposait une théorie différente : « Ce qui constitue le fond de votre désaccord, c'est ceci : ta mère contre la mienne. »

Si je n'avais écrit de livres que pour toucher ma mère — qui ne les lisait pas, mais qu'importe ! Chacun de nous était au « bout du fil ».

Par infirmité ou par choix, je ne suis pas théoricien. Je n'ai rien à défendre.

En soulignant ma méprise concernant le quatre-quarts, J.-F. avait marqué un point. Me revient le souvenir — à dire vrai, il ne m'a jamais quitté — d'un incident où ce fut moi le gagnant.

Nous étions à table tous les deux, je devais avoir six, sept ans. Comme dessert, des fraises, les premières de la saison. Le téléphone sonne. Au bout du fil — toujours le fil… — notre mère qui voulait s'assurer que tout allait bien. J.-F. quitte la table du déjeuner et compte les fraises qui sont dans son assiette : « Ne m'en prends pas surtout. » Précaution qui est pour moi un défi. À peine est-il entré dans la pièce voisine pour répondre au téléphone, à peine m'a-t-il tourné le dos, je m'empare de trois fraises. Il reprend sa place, face à moi, vérifie le contenu de son assiette et, maladresse fatale, s'exclame : « Comment t'as fait ? — Comment j'ai fait ? » Je me précipite dans la brèche imprudemment ouverte et me saisis des fraises restantes.

Ce moment-là, je l'ai gardé en mémoire comme un exploit. J'avais fait mieux que marquer un point, mieux que prendre le dessus sur mon frère, je l'avais battu sur son propre terrain. Lui qui parlait avec tant d'aisance, charmant déjà à onze ans les amies de notre mère et les vieilles dames par sa conversation, alors que j'étais un enfant retranché dans le silence, eh bien, pour une fois, joignant le geste à la parole — « Comment j'ai fait ? Comme ça » — je l'avais *pris au mot*, il était tombé dans le piège qu'il s'était lui-même tendu.

Mince exploit, assurément, mais exploit décisif. Inoubliable en tout cas.

« Faut faire le partage »

« Le partage, comme ça, tout d'un coup ? Sans en avoir dit un mot ? Sans en avoir discuté ?

— Y faut.

— Mais enfin, tout de même ! Comme ça, comme la neige en juillet… Qu'est-ce qui est arrivé, je te le demande.

— Je ne te demanderai pas beaucoup. Tu me donneras la parcelle qu'on a sur le Kaïrabalé ; le reste des terres, avec ce qui est dessus, tu le gardes pour toi et Ouchoulé.

— Attends un peu… la parcelle de Kaïrabalé ?

— Ben oui, il faut quand même que j'aie moi aussi un endroit où m'installer.

— Mais sacré bon sang, qu'est-ce que tu vas bien faire sur ce marais ?

— Il n'y a pas que des seigues et des mollières là-bas. On y a aussi une batte assez grande pour y construire une métairie.

— Tu te fiches de moi ?

— Tu me donnes aussi le Baï. Si ça ne te fait pas trop de regret. Il te restera encore deux chevaux pour le travail sans compter celui de deux ans. Si ça ne te fait pas trop de regret.

Ou bien tu trouves que je demande trop ?

— Non, attends un peu… Dis-moi franchement. Tu ne te fiches pas de moi ?

[…]

— Pour ce qui est des vaches, je ne t'en dirai pas long : si tu peux, tant mieux, si tu ne peux pas, c'est pareil. Ce serait bien que tu ajoutes encore une brebis, mais c'est pareil, tu feras ce que le cœur te dira […]

Peut-être aussi des poules. Je n'ai pas besoin de beaucoup, rien qu'une paire, ça me suffirait.

Un chariot aussi, si c'est possible, un chariot qui ne sert pas. Ce serait bien d'avoir encore une herse et une charrue.

— Qu'est-ce que c'est encore que cette histoire de chariot ? Et cette foutue histoire de herse qui traîne ? Et de charrue qui ne sert à rien ? Puisque t'as perdu la boule, qu'est-ce que tu as à quémander comme un miséreux ? Je ne suis donc pas ton frère ? Ton propre frère ? Allez, fais ton choix, prends tout ce que t'as envie de prendre. »

Cette scène de partage entre deux frères se passe en Lituanie. Elle est racontée par Youozas Baltouchis au début de son roman *La saga de Youza*.

Les deux frères se nomment Youza et Adornas. Leurs parents sont morts quelque temps auparavant.

La scène pourrait se passer ailleurs. Les frères pourraient s'appeler autrement, ne pas être des paysans, les biens à partager différer de nature et de valeur. Qu'importe ! L'héritage hérite de toutes les rancœurs accumulées en silence au fil du temps. Il en est le révélateur.

Une exception pourtant : les « cannibales » de Montaigne. « Ils sont encore en cet heureux point, de ne désirer qu'autant que leurs nécessitez naturelles leur ordonnent ; tout ce qui est au-delà est superflu pour eux. Ils s'entr'appellent généralement, ceux de mesme aage, frères. »

Comme il est tenace le désir d'être le préféré, l'élu ! Comme il resurgit au moment du partage ! Que de brouilles familiales il provoque ! Il arrive qu'elles se répètent de génération en génération.

À l'origine du conflit : une mère ne se partage pas.

Indivision

C'est à propos d'une maison que les choses se sont envenimées entre ces deux frères que j'ai bien connus, mais en les voyant toujours séparément. Une maison indivise les a à jamais divisés. Une sorte de guerre a éclaté, guerre d'abord insidieuse, à peine marquée par quelques incidents de frontières avant d'être ouvertement déclarée comme se déclare une maladie couvée pendant des années et puis, un jour, elle est là, omniprésente, occupant tout le corps, tout l'esprit, implacable dans les ravages qu'elle produit.

Indivision. J'ai longtemps aimé ce mot comme s'il avait le pouvoir de me protéger des ruptures — que je redoute, que j'exècre. J'aimais les peintres des rivages qui atténuent, allant presque jusqu'à l'effacer, la distinction entre la terre, la mer et le ciel. J'enviais ces écrivains qui ont l'art de mêler ce qui émane du nocturne et ce que révèle la clarté du jour. Je m'étais toujours refusé à faire mienne la séparation tranchée qu'avait instituée le jeune Sartre entre le réel et l'imaginaire, tant la plus ordinaire de mes perceptions me paraissait tout imprégnée de ma mémoire, de mes rêveries, de mes attentes.

J'aimais aussi dans ma jeunesse m'engager dans ces passages parisiens, pour la plupart disparus aujourd'hui, qu'avaient célébrés Walter Benjamin et les surréalistes. Traverser les frontières qui séparent un pays d'un autre m'était un bonheur ; il fallait qu'elles existent, ces frontières, mais qu'elles puissent être franchies en douceur, et alors elles ne signifiaient pas que nous abandonnions une nation pour pénétrer dans une autre, elles nous faisaient seulement pressentir que nous allions entendre une autre langue, sentir d'autres odeurs, voir d'autres couleurs, goûter au restaurant d'autres plats, croiser dans la rue d'autres femmes. Plus les différences étaient légères, plus elles étaient dépaysantes. Rien qui puisse évoquer un exil, même bref, non, là encore, un *passage* qui a pour effet de modifier notre paysage intérieur. Délicieuse impression d'être délivré de soi sans se perdre. Privilège de se fausser compagnie — elle peut être si lassante, à la longue, cette compagnie avec soi-même !

Quelle délectation j'éprouve aussi dans ce temps, qui ne dure pas assez, où mes rêves de la nuit, comme s'ils se refusaient à tomber trop vite dans l'oubli, imprègnent mes journées ! Et quel plaisir, mêlé d'inquiétude, dans ces périodes de désœuvrement que le voyage autorise, où notre identité vacille — vacille sans s'effondrer —, où je ne sais plus qui je suis, dans quelle ville je me trouve, dans quelle rue je marche, où à la fois je m'enchante et m'affole de n'être personne !

Un jour, le hasard m'a fait tomber sur un fragment d'Empédocle que je m'étais empressé de noter : « Je fus autrefois déjà un garçon et une fille, un buisson et un oiseau, un muet poisson dans la mer… » Peut-être ne suis-je venu à la psychanalyse que pour tenter de retrouver en moi, *via* le rêve, la régression, l'oiseau s'échappant du buisson, la fille que masque le garçon et surtout le poisson muet.

Je m'extasiais, en voyant quelque documentaire consacré aux oiseaux, à la faune et la flore sous-marines, voire à la moindre « bestiole » (je me souviens d'avoir applaudi avec d'autres spectateurs l'exploit d'un bousier dans le film *Microcosmos* !), devant la diversité et la beauté proprement stupéfiantes des formes inventées par des êtres animés et inanimés. Je récusais la répartition, que je soupçonnais d'arrogance, entre les règnes végétal, animal et même minéral (André Breton, Roger Caillois ont su entendre la « langue des pierres »).

Cette réticence face à toute classification, je la vois à l'œuvre partout... Dans le désordre de ma table où se mêlent lettres personnelles, photographies, coupures de journaux, articles d'amis ; dans mon incapacité voulue de répertorier les livres, les miens inclus, selon leur « genre » : essai, récit, roman, ou leur discipline : littérature, philosophie, psychanalyse. J'ai la nostalgie de cette époque où un philosophe, Descartes, était un écrivain ; un savant, Buffon, un grand prosateur ; un évêque, Bossuet, un maître de la langue.

La plupart des oppositions canoniques, je les récuse. Folie/Raison — il existe des folies raisonnantes et un noyau de vérité au cœur de tout délire. Civilisation/Barbarie, comme si le XXe siècle et sans doute celui qui commence ne nous donnaient pas suffisamment de preuves que la barbarie est dans la civilisation. Noir/Blanc. Enfant/Adulte. Et que dire de la coupure entre « l'axe du Bien » et « l'axe du Mal » ? Entre les morts, ces exclus, et les vivants ? La liste est sans fin. Pourquoi nous laisserions-nous enfermer dans une pensée binaire ?

D'où nous vient cette passion de séparer, d'opposer ? Tout aurait-il commencé avec le récit de la Genèse ? « Dieu appela la lumière jour et il appela les ténèbres nuit. » Après quoi ce n'est qu'une succession de séparations : des sexes, des peuples, des langues. Alors la haine, produit de la division, a le champ libre.

Nous avons si peur de l'informe, comme s'il annonçait le retour au chaos originel, que nous voulons jusqu'au moindre détail — Dieu serait-il un grand obsessionnel ? — ordonnancer le monde, le régler, le quadriller. Diviser pour être le seul à régner. Dieu d'abord, puis l'homme à son image.

J'exagère. Le Paradis terrestre était bien le lieu de l'indivis. De quoi entretenir en nous l'illusion de l'harmonie. Lieu de l'indivis, enfin, pas tout à fait. Dieu se réserve l'Arbre de la connaissance, en interdit l'accès au premier couple humain. Division fondatrice : restez à la place que je vous ai assignée, respectez ma loi, autrement vous ne méritez que le Déluge qui noie tout ce qui pullule sur la terre. Le grand Séparateur révèle son autre visage, celui du grand Destructeur.

Mais je m'égare. Revenons à la maison qui fit l'objet de la guerre ouverte entre les deux frères que j'ai connus sans parvenir à saisir le motif de leur différend.

Il s'agissait d'une maison dont ils avaient hérité. La chose est courante : au moment de la succession, les héritiers se bagarrent, souvent pour pas grand-chose, aux yeux des tiers : une pendulette qui ne fonctionne plus, une gravure défraîchie, un jouet cassé — « Ce n'est pas pour sa valeur, mais j'y tiens affectivement, d'ailleurs, de son vivant, Maman me l'avait destiné ». L'air est connu.

J'ai dit que je n'avais pas compris ce qui, quand le temps fut venu de « sortir de l'indivision », avait pu attiser le feu, et avec une telle violence. Je demandais à l'aîné, dans une tentative d'apaisement : « Tu voudrais qu'elle te revienne, cette maison ? Tu projettes de t'y installer ? — Pas question. Je n'y mets jamais les pieds. Je ne lui trouve aucun charme, elle est sombre, entourée de sapins. Et puis j'ai ma propre maison, elle est ensoleillée, entourée d'oliviers, je m'y sens bien. — Alors pourquoi intentes-tu ce procès à ton frère ? » Je n'obtiens pour réponse que : « Il le faut. »

Le cadet ne fut guère plus clair. Il avança d'abord quelques bonnes raisons pour justifier son propre entêtement : « Cette maison, je me suis battu pour qu'elle ne soit pas expropriée par la municipalité qui la convoitait, j'ai écarté les promoteurs tout prêts à la raser, j'ai entrepris toutes sortes de travaux pour la maintenir en vie, tu n'imagines pas dans quel état elle était ; ce n'est quand même pas mon frère qui ne s'y est jamais intéressé qui va maintenant se l'approprier ! — Et toi, pourquoi veux-tu, comme tu dis, te l'approprier ! » Il se tut un moment. « Je ne sais pas. En un sens, ce n'est pas raisonnable. Tout l'argent que je gagne, ou presque, je le donne à cette fichue maison. » On aurait dit qu'il parlait d'une maîtresse insatiable qu'il aurait sauvée de la déchéance et qu'il n'était plus sûr d'aimer encore.

L'un la voulait, mais ne savait pas pourquoi. L'autre ne la voulait pas, mais exigeait que son droit — le droit d'aînesse ? — soit reconnu. Il aurait pu prononcer les mêmes mots que son frère : « Ce n'est quand même pas à lui de se l'approprier. »

Pourquoi nos mères ne sauraient-elles rester *indivises* ? Et pourquoi tenons-nous à affirmer : c'est ma mère, ma mère à moi, sinon parce que nous n'en avons pas la certitude, que cette certitude-là, nous ne l'aurons jamais, que cette mère-là nous ne la posséderons jamais.

Je renonçai vite à tenir l'emploi du médiateur. Je sentais que je me heurtais à une résistance trop forte, et trop obscure, venue de trop loin, pour pouvoir la surmonter.

Les deux frères dont je parle sont morts à quelques mois de distance sans avoir réglé leur différend. La maison est toujours dans l'indivision entre leurs héritiers respectifs. Leur querelle ne fait que commencer.

N'empêche : je continuerai à aimer l'indivis, à croire en l'espoir que ce mot porte en lui.

Aînesse

Primogéniture, qualité de ce qui fait un aîné et le droit que cette qualité lui donne. On ne le dit guère qu'en le joignant au mot droit, droit d'aînesse. Le droit d'aînesse est reconnu partout et particulièrement chez les nobles. Esaü vendit son droit d'aînesse pour un plat de lentilles. Il semble que le droit d'aînesse est une prérogative injuste et contraire au droit naturel, car puisque la naissance seule donne aux enfants le droit de prétendre à la succession paternelle, le hasard de la primogéniture ne doit point mettre d'inégalité entre eux. Ainsi, le droit d'aînesse qui appelle l'aîné par préférence à la Couronne, s'est-il introduit fort tard en France. Il n'était point connu sous les rois de la première race, ni même de la seconde. Les quatre enfants de Clovis partagèrent également le royaume. Louis le Débonnaire divisa aussi l'empire en quatre portions qu'il donna à ses quatre fils. Apparem-

ment, ce n'est pas sous la race de Hugues Capet que la prérogative de la succession à la Couronne fut affectée à l'aîné.

[...]

En France, on a étendu le droit de primogéniture ; car après la mort du premier-né, le second lui succède au droit d'aînesse, de sorte que ce droit passe toujours à celui des frères qui est le plus âgé.

DICTIONNAIRE TRÉVOUX, 1771

Le droit d'aînesse cette « prérogative injuste » fut aboli par l'Assemblée constituante en 1790.

Aboli en droit. Dans les faits, dans les esprits, c'est une autre affaire.

Ces deux-là
(7)

L'aîné se prénommait Louis, le puîné Philippe. Le premier était roi, l'autre ne l'était pas. Le premier se prenait pour le soleil, le second était son sujet. Il se savait voué du seul fait de sa naissance à demeurer dans l'ombre de ce soleil-là, à moins que le premier ne meure avant qu'un dauphin n'ait vu le jour et ne soit aussitôt proclamé successeur légitime.

Le premier eut de nombreuses favorites et fit de nombreux bâtards jusqu'à ce que, vieillissant, il subisse la domination d'une veuve bigote. Le second, bien qu'il fût marié deux fois et père de quatre enfants, ce qui n'alla pas sans efforts de sa part, était porté vers les beaux jeunes gens. Il aimait les parfums, les fards, les atours. Un de ses plus vifs plaisirs était, à l'occasion d'un bal, de se travestir en fille. Ce qui ne l'empêchait pas de faire montre d'une insigne bravoure dans les guerres que ne cessait d'entreprendre son frère aîné pour accroître sa propre gloire.

Louis se plaisait à humilier Philippe. Les deux frères se fâchaient souvent et, quand ils se réconciliaient, c'était toujours à l'initiative de Louis, au gré de ses humeurs et de ses calculs politiques.

Louis se méfiait de Philippe. Il craignait que son frère, influençable et bavard, n'intrigue contre lui, ne participe à quelque cabale, tout comme Gaston d'Orléans avait comploté contre leur père, Louis le treizième du nom.

Quand Philippe dépensait sans compter — il le pouvait —, collectionnait des œuvres d'art, donnant des fêtes somptueuses dans son domaine de Saint-Cloud — fontaines, statues, cascades, jardins de Le Nôtre, peintures de Mignard, tableaux de Titien, de Véronèse, cabinets de curiosités, et des fleurs, des fleurs partout —, Louis n'appréciait qu'à demi : Saint-Cloud venant concurrencer Versailles, sacrilège ! Il n'y avait place que pour un seul astre.

Ce qui causa une peine infinie à Philippe, ce fut la décision brutale prise par Louis de condamner à la prison puis à des années d'exil le chevalier de Lorraine, son amant passionnément aimé qui ne dédaignait pourtant pas les femmes. Quelque temps après avoir infligé la punition, Louis accorda au chevalier un important commandement militaire auprès de Philippe qui fut aux

1. Antonin et Amédée L.-P. enfants
2. Caïn tuant Abel.
3. Edmond et Jules de Goncourt, photographie de Nadar.

4,5. Marcel et Robert Proust, photographies de Nadar.

Même cravate, même large col blanc, même chaîne de montre. Ils sont beaux tous les deux mais c'est le futur chirurgien qui a les yeux les plus rêveurs.

6,7. Gustave Flaubert et Louis Bouilhet.

« On prend souvent Bouilhet pour mon frère. Les vieux époux finissent par se ressembler. »

8. Sigmund Freud
et Wilhelm Fliess.

9. La tombe des frères
Van Gogh.

10. David, *Le serment du Jeu de paume* (détail).

11. *Zig et Puce*, album d'Alain Saint-Ogan.

12. Deux vieux frères peut-être, photographie de Carlos Freire.

anges, mais les anges ne restèrent pas longtemps à son côté.

Quand Philippe remporta vaillamment une bataille décisive, il devint si populaire que Louis s'en offusqua et l'exclut de l'armée. Ainsi s'exerce le pouvoir absolu, surtout quand il se réclame de l'autorité divine.

Après quoi Philippe ne connut guère que des malheurs.

L'historien Philippe Erlanger a voulu réhabiliter Monsieur ; il éprouve de la compassion pour le mal-aimé dont il fait un personnage complexe et attachant. En revanche, il n'épargne pas Madame, Henriette d'Angleterre, coquette raffinée et grande séductrice, qui ne ressemble guère à la figure qu'a peinte Bossuet. « Madame se meurt », oui, mais avant de mourir… Ce n'était pas une sainte femme.

L'impitoyable petit duc, lui, n'est pas tendre envers Philippe. Sa plume égale en férocité celle de la cour. Je le cite : « Monsieur, la plus sotte femme du monde » (chapitre 24 des *Mémoires*). Ou encore : « C'était un petit homme ventru » — Monsieur a alors cinquante ans, il a perdu sa sveltesse, non ses inclinations — « monté sur des échasses tant ses souliers étaient hauts, toujours paré comme une femme, plein de bagues, de bracelets et de pierreries partout, avec une longue perruque tout étalée devant, noire et poudrée, et des rubans partout où il pouvait en mettre… »

Quant à Mme de Maintenon, devenue secrètement, sur le tard, l'épouse de Louis, on imagine bien qu'elle exécrait les « débauchés », tout particulièrement les « sodomites » (c'était le mot à l'époque et Dieu sait ou ne veut pas savoir qu'ils étaient en nombre à la cour).

Le jour où Philippe mourut, le 9 juin 1701, assisté d'un confesseur, Louis aurait dit : « Je ne saurais m'accoutumer à songer que je ne verrai plus mon frère. » Le surlendemain, les réjouissances reprirent. « Le Roi ne veut pas qu'on s'ennuie à Marly », déclara un courtisan.

« Je lui dois tout »

Un frère aîné idéal, ce ne serait donc pas un leurre ! Je ne l'ai découvert, ce frère-là, que tout récemment en la personne de Jacques-Joseph Champollion qui ajouta à son patronyme Figeac, sa ville natale, pour, a-t-on dit, ne pas empiéter sur la gloire de son jeune frère, né douze ans après lui. Et pourtant il savait ce que celui-ci lui devait aussi bien que lui, l'aîné, devait au cadet. Il disait avoir été à la fois son père, son maître et son élève. Son père, il pouvait légitimement le croire ; il était aussi son parrain, tant il avait suppléé un père souvent absent et porté sur la boisson, tant il avait pris soin de son frère, s'était préoccupé de son éducation, était toujours resté à ses côtés. Son maître : j'ignorais que lui aussi, grand lettré, successivement professeur de littérature grecque, bibliothécaire, membre correspondant de l'Académie des inscriptions et des belles-lettres — je passe sur les différents emplois qu'il a connus au cours d'une vie tourmentée —, était l'auteur de travaux fort savants consacrés à l'Égypte dont une *Dissertation sur l'inscription de Rosette* et qu'il avait rêvé, sans succès, de s'embarquer avec Bonaparte. Reconnaître qu'il était aussi l'élève de son petit frère qui ne cessait d'osciller entre l'apathie et l'enthousiasme, et le reconnaître sans pour autant se déprécier, c'est là quelque chose de rare, que j'admire, que j'envie.

De son côté, le « grand déchiffreur » dira de son aîné : « Je lui dois tout. » Dette réciproque. Qui désigner alors comme frère du précédent ? « Il y a longtemps que tu me prouves que moi c'est toi. » Ne faire qu'un. Toutefois, Gérard Macé nous y invite, n'embellissons pas trop le tableau. Rien n'est jamais idyllique entre deux frères. L'aîné se dévoue à son cadet, il est toujours prêt à l'aider dans sa carrière scientifique, mais il se révèle aussi tyrannique. Ambivalence du rôle de protecteur, ambiguïté du statut du protégé. « Je veille sur toi, je te surveille, je te parraine, suis mes conseils et mes ordres. Je t'aime, je te contrôle. »

« Je désire que dès ce moment, écrit en 1801 Jacques-Joseph à son frère encore enfant, il s'établisse une correspondance suivie où tu me diras tout ce qui te concerne. » Jean-François, les années passant, saura se rebiffer. Il aura appris à manier l'ironie.

Sur la découverte de l'illustre Jean-François Champollion (cela m'agace qu'il porte le prénom de mon propre frère !), sur les différentes étapes de sa vie relativement brève — il meurt à quarante-deux ans, il lui fallait se hâter —, tout a été dit.

La lumineuse biographie de Jean Lacouture à laquelle je m'apprête à faire plus d'un emprunt a entre autres mérites celui de replacer la découverte dans le contexte égyptomaniaque de l'époque. Gérard Macé dans *Le dernier des Égyptiens* — une merveille — a dessiné mieux que personne le portrait de Champollion. Je vois mal comment ajouter le moindre trait qui ait échappé à sa perspicacité sensible.

Ceci, peut-être, encore qu'il y fasse allusion. Si le père des frères Champollion, Jacques, était ce qu'on appelait un colporteur proposant almanachs, livres, objets religieux, devenu plus tard libraire à Figeac, la mère, elle, était analphabète, elle ne pouvait pas même signer son nom. Alors, imaginons : d'un côté, des mots, des signes imprimés ; de l'autre, quoi ? des signes, peut-être, mais à deviner. J'imagine cette mère silencieuse s'exprimant difficilement, peu démonstrative en tout cas, et son jeune fils contraint d'aller chercher sur un visage, un visage qui ressemblerait à une pierre revêtue d'inscriptions énigmatiques, ce qui pourrait bien être le secret de cette mère-là que nul n'a su déchiffrer. Pour un peu, je la verrais muette et sourde, refermée sur elle-même et pourtant bien présente comme la mère d'Albert Camus. Oui, mais si c'était dans ce mutisme, dans ce retrait proche de l'exil, dans ce secret qui nous apparaît à nous, parlants ou beaux parleurs, tout fiers de savoir écrire, de pouvoir correspondre avec nos semblables, comme un refus de communiquer, si c'était là que résidait quelque chose qui soit de l'ordre du sacré ?

Champollion, enfant, était nul en orthographe au grand désespoir de son précepteur, l'abbé Calmels, et de son frère. Mais leurs réprimandes ne le troublaient guère. Ce qu'il aimait, lui, c'était les langues, les langues mortes, les langues sémitiques. Il en apprit des dizaines, l'hébreu (il a onze ans), l'arabe, le syriaque, le chaldéen, d'autres encore, et, plus tard, pour se rapprocher de l'Égypte, la langue copte. On reste confondu devant cette passion pour les langues née si tôt chez un petit garçon du Quercy qui n'aime pas l'école. C'est une autre école, celle de ces langues lointaines, qui résistent à la compréhension et restent muettes pour nous, qu'inlassablement, fiévreusement il veut fréquenter. Il veut qu'elles parlent. Un amour fou le porte vers l'*inscrit.*

De Freud on a souvent dit qu'il avait été un nouveau Champollion. Sa pierre de Rosette, ce furent les rêves, à commencer par les siens. Il les délivre de l'obscur, il s'emploie, lui aussi, à les déchiffrer. Il était si fier d'en avoir percé le secret qu'il data le jour de sa découverte. Avant lui, tout au long du XIXe siècle, l'intérêt porté au rêve n'avait pas cessé : les Romantiques allemands, Gérard de Nerval, Charles Nodier, Hugo, tout comme on n'avait pas attendu Champollion pour s'intéresser aux hiéroglyphes (la pierre de Rosette fut découverte en 1799, soit plus de vingt ans avant que Champollion n'en dévoile le sens).

Fascinant, l'immense territoire du rêve, mais inintelligible, mystère nocturne avant que Freud ne voie dans le rêve un rébus. Premier temps : dans une succession d'images ponctuée parfois de quelques lettres reconnaître une écriture d'images. Second temps : convertir cette écriture d'images, par une opération lente de traduction, via les associations du rêveur, en écriture de signes. Faire parler les rêves, faire parler les pierres.

On sait que pour résoudre l'énigme des hiéroglyphes il fallut à Champollion recourir à trois langues, c'était la condition nécessaire, autrement on n'arrive à rien, pour ne pas se laisser charmer par l'idéogramme et croire que, par exemple, la représentation d'un oiseau se réfère à un oiseau. Même démarche chez Freud, encore qu'il n'y soit pas toujours fidèle : se délivrer de la symbolique.

Un jour, Champollion peut enfin s'écrier face à son frère : « Je tiens mon affaire. » Après quoi, mais il se peut que ce soit une légende familiale, il perd connaissance, il tombe en syncope. L'épisode sera la source d'un livre de Max Dorra intitulé *La syncope de Champollion*.

Un jour, Freud a dû s'écrier : « Je tiens mon affaire », mais il ne s'est pas évanoui, au moins ce jour-là.

Jacques-Joseph Champollion-Figeac survivra longtemps, trente-cinq années, à la mort, en 1832, de Champollion le jeune. Il sera l'éditeur de manuscrits inédits de son frère et, avant que Champollion ne meure, il se démènera, en grand démarcheur qu'il était, pour que les puissants en viennent à réaliser le vœu de Champollion : le transport à Paris d'un des obélisques de Louxor, celui qu'il avait choisi.

Il ne sera érigé, cet obélisque, que le 25 octobre 1836, place de la Concorde. Sur les faces du piédestal figurent les noms de l'ingénieur Lebas qui mena à bien l'opération — un véritable exploit —, celui du roi Louis Philippe, celui du commandant du bateau. Oublié, le nom du grand déchiffreur. Glorifié celui de l'ingénieur. C'est ainsi.

On dit que, deux mois avant sa mort et la voyant venir, Champollion se frappant la tête s'écria : « Trop tôt ! Il y a encore tant de choses là-dedans. » Et, dans son agonie, après avoir voulu revoir sa gallabieh, son tarbouch, ses babouches, ces paroles étranges : « Et bien au-delà, jusqu'en Égypte, jusqu'à Thèbes. »

« Bien au-delà », « Tant de choses là-dedans ». Peut-être avons-nous tort de ne voir en Champollion, de ne voir en Freud que des déchiffreurs. Au-delà des hiéroglyphes, au-delà des rêves-rébus, ils n'ignorent pas, l'un et l'autre, qu'il y a encore bien des choses « là-dedans » qui échappent à leurs sciences. Cet au-delà, Champollion a cherché à l'atteindre dans l'Égypte des pharaons ; Freud l'a nommé Inconscient, cet inconnaissable, nous n'en saisissons que les rejetons ; ce grand délirant qu'était le président Schreber l'a nommé langue fondamentale.

Parviendrions-nous à résoudre toutes les énigmes, nous resterions démunis face au mystère de l'origine. « Je tiens mon affaire » ne sera jamais qu'une illusion. Soit. Alors disons plutôt : « Mon illusion me tient. » Elle me porte, elle m'emporte, elle me fait avancer. Sans elle, et son avenir, adieu aux écrivains, aux peintres, aux chercheurs — les vrais, ceux qui trouvent, ne serait-ce qu'un détail qui change tout —, adieu à tous les curieux du monde.

Jean-François, le mien, n'était pas porté par cette illusion-là. Ce fut, je crois bien, son malheur. Mais il n'aurait pas supporté d'être plaint, mon grand frère.

Tout compte fait, je lui dois quelque chose d'essentiel : l'obligation d'être différent. Pas question que « toi et moi ne fassent qu'un » !

Le petit frère

Il a écrit plus d'une vingtaine de romans. Je crois bien les avoir tous lus au fur et à mesure de leur parution comme si je craignais, semblable à lui, de manquer un rendez-vous et que ce rendez-vous-là était celui qui, enfin, allait dissiper si peu que ce soit l'obscurité. Ce sont de courts romans. Ils se ressemblent ou plutôt ils se répondent les uns les autres à moins qu'ils ne soient tous qu'une même enquête, une enquête qui n'aboutit pas, ne peut pas aboutir car elle ignore ce qui pourrait la clore, elle est sans fin, il faut toujours la reprendre, elle ne saurait trouver de réponse satisfaisante. Et pourtant il ne ménage pas sa peine, l'enquêteur, il ne perd jamais courage ; toujours à la recherche d'indices, il marche à travers la ville, il fait preuve d'un entêtement incroyable, il s'obstine à recueillir des témoignages mais l'affaire est ancienne, ça n'est pas facile, il note des adresses, des numéros de téléphone (qui ont été modifiés depuis), il dresse des listes de noms, ce sont des noms aux consonances étranges le plus souvent, à peine a-t-il mis la main sur un document, obtenu une information que d'autres témoignages viennent les contredire, à tout le moins les rendre douteux, suspects : alors, plus il poursuit son enquête, plus c'est le flou qui gagne du terrain, plus les personnes nommées, rencontrées, se transforment en fantômes, plus la ville elle-même devient inquiétante, mystérieuse, à croire que l'auteur de tous ces romans qui n'en font peut-être qu'un préfère l'ombre à la lumière ou feint de vouloir y voir plus clair alors qu'il n'est attiré que par l'obscur ; d'ailleurs il le reconnaît lui-même : « Plus les choses demeuraient obscures et mystérieuses, plus je leur portais de l'intérêt. Et même j'essayais de trouver du mystère à ce qui n'en avait aucun. »

Là, il se moque un peu de lui, il reprend à son compte des critiques qu'on a pu lui adresser — ce parti pris de maintenir le flou, d'entretenir le mystère — mais nous ne sommes pas obligés de le croire. Quand il pratique ainsi l'autodérision, peut-être veut-il nous maintenir à distance, nous ses lecteurs, pour rester seul dans son enquête, cette enquête menée avec obstination, avec un souci maniaque de la précision, du détail, tout doit être nommé, identifié, le quartier, la rue, l'immeuble, le personnage, ses vêtements, quelle année, quel jour, c'est plus qu'une enquête : une traque, mais une traque de l'insaisissable qui pousse à une confrontation toujours plus rapprochée, plus douloureuse aussi, avec l'inconnu.

La mémoire est trompeuse, il le sait, elle invente alors même qu'elle est convaincue de reproduire ; la frontière entre l'imagination et la réalité est si ténue qu'elle en devient imperceptible et que lui, le romancier, se doit de l'ignorer. Oui, mais voilà : comme dans le cas qui nous occupe, celui de P. M., l'enquête, les enquêtes qui font l'objet de la plupart de ses livres le concernent de très près, notre ami — il ne peut être que notre ami, qu'un frère très proche, ce grand garçon inquiet, incapable de finir une phrase, mécontent si, croyant lui venir en aide, on tente de la finir à sa place — se lasse parfois de demeurer dans l'incertitude, il se dit qu'il doit bien y avoir un moyen d'échapper à la fiction, ce moyen est simple, il suffit de ne pas transformer sa vie en roman, sa vie pas plus que celle des autres, il suffit de s'en tenir aux faits, à des faits bien établis, ceux dont en principe on est sûr, pour les avoir soi-même connus, donc pas de littérature — il s'en est toujours méfié, P. M., de la littérature et des belles phrases et des effets de style —, non, rien qu'un constat, qu'un procès-verbal, qu'un curriculum vitae. Plus question de se dissimuler, de prétendre que le « je » est celui d'un narrateur, plus question d'inventer, non, s'avancer sans détours, ne ménager ni père ni mère, quitte à se montrer sévère, injuste comme peut l'être un enfant délaissé — ou un chien, le CV en question s'appelle *Un pedigree.*

Je lis ce livre. Je m'arrête sur ces quelques lignes — quelques lignes, rien de plus : « Dans la voiture, mon père m'a annoncé la mort de mon frère. Le dimanche précédent, j'avais passé l'après-midi avec lui, dans notre chambre, quai de Conti. Nous avions rangé ensemble ma collection de timbres. Je devais rentrer au collège à 5 heures et je lui avais expliqué qu'une troupe de comédiens jouerait pour les élèves une pièce dans la petite salle de théâtre du pensionnat. Je n'oublierai jamais son regard, ce dimanche-là. »

Je n'oublierai jamais son regard.

Ce petit frère — deux ans d'écart — avait pour nom Rudy. Leurs parents disparaissaient, réapparaissaient. P. M. enquête sur les disparus, sur tout ce qui disparaît. Rudy, lui, ne disparaît pas, ne réapparaît pas. Il meurt, il est mort. Il ne saurait faire l'objet d'une enquête, ce petit frère perdu, à jamais présent. Inoubliable : « Je n'oublierai jamais son regard. »

Un des livres de P. M. est explicitement dédié à Rudy. Je crois qu'ils le sont tous secrètement.

Il semblerait que P. M. ait parfois indiqué

comme étant la date de sa naissance celle de son frère.

Comme j'aurais aimé dans une autre vie être le petit frère de P. M., en restant toujours auprès de lui tandis que nos parents peu soucieux de nous allaient et venaient, chacun de leur côté. Mais nous, nous étions ensemble.

J'imagine qu'alors mon grand frère d'un mètre quatre-vingt-dix-huit aurait pu, quand il parlait, ne pas laisser ses phrases en suspens — « c'est compliqué » —, s'arrêtant quand on voulait les conclure à sa place — « non, ce n'est pas ça » — ni poursuivre inlassablement des enquêtes inabouties.

L'âge métaphysique

J'avais quoi ? dix-sept, dix-huit ans ? Pendant quelques mois, je portai au poignet une sorte de gourmette que m'avait transmise mon père. Sur une face, il avait fait graver mon nom. Sur l'autre, je fis inscrire ce mot : Métaphysicien. Ce serait mon identité.

S'agissait-il seulement d'une provocation adolescente à l'égard de mon milieu familial ? Mon oncle et tuteur me voyait déjà inspecteur des Finances, moi qui devais m'y reprendre à dix fois pour faire une division avec des décimales ! Ma mère n'avait pas de projet d'avenir me concernant, soit qu'elle me laissât libre, et je lui en savais gré, soit, autre hypothèse moins favorable, qu'elle n'attendît pas grand-chose de son fils cadet. Assurément la métaphysique n'était pas son fort. Elle avait les pieds sur terre. Peu imaginative, elle me paraissait résignée à rester à la même place, immobile. Les jours se succédaient, ne différant guère l'un de l'autre. C'était ainsi, ce serait ainsi, jour après jour, année après année. À partir de quel moment cesse-t-on de grandir ?

Était-ce un goût naissant pour la philosophie qui me faisait prétendre être un métaphysicien ? Ou l'orgueilleux souhait de me démarquer de mes camarades avant tout préoccupés de leurs examens et concours ? Sans doute, mais le plus déterminant fut autre chose. Au cours de mes promenades dans Paris — non, ce n'était pas des promenades, ce n'était pas Paris, je traversais, sans me fixer de but, une ville inconnue —, soudain, ce pavé recouvert d'une fine couche de pluie se muait en un visage lumineux de jeune femme ; ce passant anonyme qui pressait le pas pour aller où ? se transformait, sans que je sois pour rien dans cette métamorphose instantanée, en un oiseau prenant son envol ; ces platanes alignés le long du boulevard étaient les colonnes d'un temple, j'étais transporté à Olympie.

Quand je tente de retrouver maintenant ces moments, aussi fugaces qu'intenses, qui n'avaient pour moi rien d'étrange — je n'étais ni halluciné ni visionnaire —, les mots me manquent pour les définir. Parler de métamorphose, de mutation me paraît impropre : le platane du boulevard était *à la fois* platane et colonne.

J'ai toujours vu un aveu de faiblesse dans le « comme » auquel ont si souvent recours les poètes.

Je ne voulais pas la *comparaison* mais l'*équivalence*. Quant aux associations opérées par les surréalistes, elles me paraissaient n'être qu'une mise en application méthodique de Lautréamont célébrant la rencontre d'une machine à coudre et d'un parapluie sur une table de dissection ; je les jugeais trop soumises à un parti pris, ces associations de mots et d'images prétendument dues au hasard.

Mon « surréel » n'était pas énigmatique, ni merveilleux, ni fantastique. Comment dire ? La réalité était double. Le visible et l'invisible ne faisaient qu'un. Certains de nos rêves produisent un effet analogue. Ils font de nous simultanément des télescopes et des microscopes : nous voyons, les yeux fermés, le lointain dans le proche, le proche dans le lointain.

Au fond, ce que je découvrais en identifiant, par exemple, un pavé et un visage, un passant et un oiseau, c'était le pouvoir de la poésie, c'était la métaphore présente dans la perception que nous avons des choses. Pas seulement dans la perception, pas seulement dans notre regard ; dans les choses elles-mêmes. Oui, ce devait être cela, bien plus que la lecture des philosophes, qui me faisait me déclarer métaphysicien : ces expériences d'une grande banalité dès qu'on veut les traduire verbalement, alors qu'elles sont si décisives dans l'instant où on les vit.

Assurément elles étaient aussi pour moi, en ce temps d'adolescence, un moyen d'échapper au prosaïsme de mon entourage, à ce prosaïsme auquel, non sans injustice, je donnais les traits de ma mère et de tous ceux qui ont les pieds sur terre et là seulement, de tous ceux qui sont définitivement entrés dans l'« âge positif ».

Beaucoup plus tard, cette incapacité à « métaphoriser », si je puis dire, la réalité, je l'ai retrouvée à l'œuvre, sur son versant négatif, destructeur, chez les déprimés : une table est une table, elle l'est à jamais, un mur est un mur qui bouche tout l'horizon, un cendrier est un cendrier, sa fonction est de recueillir les cendres ; la mort est dans la vie et, tout comme la mort, la vie ne vous *dit* rien.

Langue morte, parole éteinte. Rien.

La métaphore, elle, délivre de la mortelle répétition, elle délivre de l'enfermement. Elle anime, elle transfigure tout ce qu'elle touche. C'est elle qui ouvre le monde et m'ouvre à lui.

*

L'art métaphysique : c'est ainsi qu'est désignée par Giorgio De Chirico son œuvre peinte de la première période de sa vie. Sous ce titre ont été recueillis différents courts textes de lui. Je me suis demandé ce que De Chirico entendait au juste par là. Quelle pouvait être l'originalité d'un art qualifié de métaphysique puisque tout art, et particulièrement la peinture, même si elle veut ou ne croit que représenter, va au-delà de la Nature, de la *physis* ? Elle invente, elle construit, elle défigure, elle transfigure. Elle ne reproduit jamais.

L'adolescent métaphysicien que je fus se sent proche de De Chirico affirmant qu'une « révélation peut naître tout à coup quand nous l'attendons le moins » et que « la vue en rêve d'une personne pourrait bien être la preuve de sa réalité métaphysique ». Proche de lui encore, mais déjà un peu moins, quand il écrit qu'« il y a bien plus d'énigmes dans l'ombre d'un homme qui marche au soleil que dans toutes les religions passées, présentes et futures ».

L'énigme, à commencer par celle que propose le Sphinx à Œdipe, puis, des siècles plus tard, celle que le rêve offrit à Freud, s'adresse à une intelligence capable de trouver la solution, de déceler son sens caché. Le mystère, lui, n'est pas déchiffrable, il échappe au langage, il va de pair avec la révélation, avec le dévoilement. La peinture qui suscite en moi la plus forte émotion est celle qui me laisse sans voix, me désarme : pas de commentaire alors, pas d'analyse, pas de solution, pas de clef. Trop de tableaux surréalistes ne sont qu'énigmatiques. Les intérieurs de Vermeer, *La tempête* de

Giorgione, les bouteilles de Morandi nous placent face à un mystère.

Peut-être De Chirico s'est-il lassé des énigmes. Mais ce fut pour opérer un retour à l'ordre et pour ne plus célébrer que le « métier ». Alors ses amis surréalistes le rejetèrent, et lui en dit pis que pendre.

Brusquement, je m'arrête : d'où me vient cet intérêt pour De Chirico ? Pourquoi me suis-je mis à parcourir ses *Mémoires*, à chercher en vain mon exemplaire disparu d'*Hebdomeros*, à lire son roman *Monsieur Dudron ?* Le souvenir que j'avais de ses tableaux était vague : des mannequins sans chair, des arcades en séries, des gares d'où personne ne part, un univers figé, inhumain, une mythologie minérale ; une représentation de la mélancolie, si l'on veut, mais une mélancolie que je trouvais fabriquée, d'où la douleur serait absente.

Si ce que je cherchais chez ce peintre qui ne m'a jamais attiré, chez cet homme qui, par son arrogance, son mépris, son ressentiment, m'est foncièrement antipathique, si, ce que je cherchais, c'était un autre ?

Curieusement, dans ma liste des couples de frères, j'ai omis ces deux-là : Giorgio De Chirico, l'aîné, et Andrea, le cadet. Est-ce parce qu'il se refuse à être étiqueté « frère du précédent » qu'Andrea choisit de se voiler d'un pseudonyme en prenant le nom d'Alberto Savinio ? Le cadet redouterait-il de n'être qu'un double de l'aîné ? Lui faut-il effacer son nom propre pour apparaître en propre ?

De Giorgio et d'Andrea, Hector Bianciotti écrit qu'ils furent inséparables. Le fait est que, même s'ils se sont éloignés l'un de l'autre dans le cours de leurs vies respectives, leurs chemins n'ont pas été vraiment séparés : tout jeunes, ils s'enthousiasment pour l'œuvre de Böcklin, découvrent Nietzsche, ils furent peintres, tous les deux, écrivains, pas toujours dans le même temps mais sans jamais accorder définitivement à l'autre l'exclusivité d'un territoire. Faut-il toujours maintenir entre frères une sorte d'indivision ?

À la récente exposition du musée de Grenoble *L'art italien et la Metafisica (1912-1935)*, on a pu voir voisiner des œuvres des deux frères. Sous la même étiquette d'art métaphysique, elles sont à la fois voisines et distantes l'une de l'autre. Le texte du catalogue qui présente Alberto Savinio s'intitule « Savinio ou la Métaphysique joyeuse » et Savinio lui-même, grand maître de l'ironie, écrit : « L'ironie est grave. »

J'imagine que Giorgio, lui, était trop amer, trop méprisant, trop infatué pour pouvoir s'adonner au jeu tout à la fois grave et joyeux de l'ironie.

*

Disparue depuis longtemps la fine gourmette où était gravé « Métaphysicien ». Mais, avec elle, ai-je vraiment perdu ce qui m'avait obscurément poussé à inscrire ce mot ? Métaphysicien, ce n'était assurément pas une profession, cela n'assurait pas ce qu'on appelle une « bonne situation ». Je souhaitais sans doute, en choisissant cette identité improbable, incertaine, demeurer difficile à « situer » aux yeux des autres, et même à mes propres yeux : ce fut ma manière de pratiquer le jeu de l'ironie...

Si je me suis orienté vers la psychanalyse — ou plutôt me suis laissé attirer par elle — et, plus tard, vers la littérature, sans choisir l'une aux dépens de l'autre et en partageant mon temps entre elles (existerait-il donc des partages équitables ?), il me semble que je n'ai fait, après pas mal de détours, que tenter de retrouver par d'autres voies mes expériences adolescentes d'une double réalité, d'un entrelacement du visible et de l'invisible. Dans mon fauteuil d'analyste ou face à ma table d'écriture, il se pourrait bien que je prenne le relais du jeune métaphysicien découvrant le pouvoir de la métaphore et se refusant à admettre que la réalité soit un mur et un promeneur rien de plus qu'un passant prêt à disparaître.

*

Il m'est arrivé à deux ou trois reprises d'apercevoir mon frère étendu sur un lit — son « divan » à lui — avec son attirail de fumeur d'opium à ses côtés. À chacun sa métaphysique… Que voulait-il ? s'évader de quelque prison ? accéder à des perceptions, à des images que même nos rêves ignorent ? s'anesthésier, ne rien ressentir qui puisse être douloureux ? Je n'en sais rien. Je n'ai jamais cherché à savoir. Par peur, sans aucun doute, comme si je pressentais confusément que, loin d'avoir accès à quelque paradis, même artificiel, il risquait de se trouver aux portes de l'Enfer.

Ce vague pressentiment se confirma le jour où je lui rendis visite dans la clinique où, non sans courage, il s'était résolu à suivre une cure de désintoxication. Traitement de choc pour lui, d'une violence inouïe et, pour moi, moment bouleversant : je ne reconnaissais plus mon frère. Je le voyais hurlant, couvrant d'injures tous ceux qui l'approchaient, invectivant même « Maman chérie », l'être qu'il disait aimer plus que tout au monde ; je le voyais s'agitant en tous sens, littéralement déchaîné comme ces aliénés destinés à la camisole de force. La fureur, la haine à l'état pur. L'Enfer.

Des années plus tard, vieillissant, malade, il

laissa libre cours à tout ce qu'il y avait en lui de destructeur. Il se fâcha avec ses voisins, se brouilla avec les quelques amis qui lui restaient, il n'était pas loin d'en vouloir à la terre entière.

Voici que j'imagine un autoportrait de Giorgio De Chirico qui révélerait sans fard son amertume, son orgueil bafoué, son incapacité d'aimer et que, dans ce portrait, je crois voir les traits de mon frère. Mais je me refuse à rester fixé sur cette image, j'en appelle d'autres venues de l'enfance, du temps où nous jouions à cache-cache, courant d'un étage à l'autre, dans la minuscule maison de la rue de Courcelles, ou, venues des années de jeunesse, quand nous lisions les mêmes livres, écoutions et réécoutions les mêmes disques des soirées entières. J'essaye que le portrait se transforme, qu'un sourire prenne la place du rictus. Je veux me délivrer d'un frère grimaçant. M'en délivrer, m'en guérir.

Garder la mère

Quel âge avait-il donc quand il s'est résolu à quitter l'appartement maternel ? Quarante, cinquante ans ? Il y disposait d'une grande chambre au bout d'un couloir séparant en deux l'appartement. Sa mère, après bien des années — voulait-elle par là favoriser, si peu que ce fût, l'indépendance de son fils et du même coup protéger la sienne ? —, décida de murer le couloir, d'où l'obligation de déplacer la cuisine, ce qui n'était pas une mince affaire. Le bénéfice de l'opération fut médiocre. Le fils téléphonait à la mère plusieurs fois par jour ou l'appelait, sans se lasser, si jamais elle n'avait pas décroché le téléphone, en martelant avec fermeté le mur séparateur.

Enfin le jour vint où le fils, suite à une donation que lui avait faite sa mère qui avait de la fortune, acquit une maison dans le sud-ouest de la France à des centaines de kilomètres de l'appartement parisien. Elle était isolée, à bonne distance de tout voisin.

Il fallait la meubler, cette maison.

Il m'arriva d'y séjourner brièvement à deux ou trois reprises. Des meubles, il n'en manquait pas, il y en avait même trop, au point qu'on se déplaçait difficilement entre eux. Jamais je n'ai vu un mobilier aussi hétéroclite, je me serais cru dans la boutique d'un brocanteur : des fauteuils de rotin, un lit Empire, un canapé anglais, une console imitant le style Louis XV, une vieille télévision… J'en reconnaissais certains venant de l'appartement que mon hôte à contre-cœur avait dû quitter. D'autres, je l'appris en le questionnant et il me répondit avec réticence, provenaient de lieux où sa mère avait résidé à différentes époques de sa longue vie : d'une petite maison qu'elle avait possédée en Touraine, de la terrasse d'un appartement qu'elle avait loué dans sa jeunesse en Espagne ou, plus en amont encore, de ce qu'elle avait hérité de sa propre mère.

Autant de strates figurant à la fois le passage du temps et la conservation du passé, autant de vestiges, autant de reliques ou de fossiles.

J'éprouvais un certain malaise face à ce que je tins d'abord pour une accumulation avant d'y voir quelque chose comme les pièces d'un étrange puzzle. Faute d'avoir toujours sa mère à ses côtés, le fils s'était emparé de ce dont la mère au fil du temps s'était entourée. Tout était bon à prendre, à garder : des assiettes dépareillées, une paire de rideaux décolorés et leur tringle tachée de rouille, des draps usés, des bouteilles de vin éventé. À travers tous ces morceaux épars, disparates, à travers ces débris, espérait-il retrouver l'image perdue, désormais brisée, de la mère ? Peut-être ne s'est-il jamais alors senti aussi proche d'elle d'autant plus qu'à la fin de sa vie la mère, devenue confuse, mélangeait les temps, les noms, donnant même à son fils un prénom qui n'était pas le sien mais celui d'un fiancé d'autrefois qui l'avait abandonnée.

Elle mourut très âgée. Je ne suis pas retourné dans la maison du fils brocanteur-receleur. J'appris qu'il vendit à bas prix, comme s'il avait hâte de s'en débarrasser, de s'en délivrer peut-être, sa maison et tout ce qu'elle contenait. Il s'installa dans une chambre d'hôtel plutôt minable — un lit où il restait étendu pendant des heures, une armoire où il cachait des bouteilles d'alcool, deux chaises, l'une destinée à un visiteur éventuel qui ne viendrait jamais, l'autre face à une table où il écrivait des lettres qu'il n'envoyait pas, mais qu'il gardait dans un tiroir.

Il semblerait qu'il était devenu proprement *invivable*.

Ces deux-là
(8)

Ils formaient un couple étrange, ces deux-là, étrange à mes yeux mais sans doute le mieux assorti que j'aie jamais connu.

Dès son adolescence, il avait su que ce seraient les hommes qui l'attireraient, les hommes ou plutôt c'était leur sexe érigé qui le fascinait. (Je pensais en l'écoutant à l'analogie suggérée par Pascal Quignard dans *Le sexe et l'effroi : fascinus phallus*.) Il me confia que des phallus il en dessinait par centaines dans un cahier secret. « Je vous les montrerai si vous voulez. » Je déclinai la proposition.

Quant à l'autre membre du couple, sa mère, ce fut sur le tard, la cinquantaine passée, qu'elle eut une révélation. Après son veuvage — elle avait été abondamment trompée par son époux selon son fils —, elle tenta bien de trouver un second mari tout en s'arrangeant pour décourager les prétendants. Puis elle connut une femme très belle, quoique d'allure assez masculine, qui devint sa compagne. Elles firent vie commune.

Son fils — unique — s'accommoda tant bien que mal de la situation. Il s'efforça, seul moyen de ne pas heurter sa mère de front, de flatter la compagne — appelons-la Renée — tout en la traitant de tous les noms derrière son dos. Mais enfin il avait cessé d'être le favori, ce n'était plus comme avant et il était certain que cet « avant » avait commencé dès sa naissance. Leur tendre complicité n'était plus ce qu'elle avait toujours été. Il en souffrit, devint amer, tenant ici et là des propos vindicatifs.

Peut-être une autre forme de complicité, plus secrète, apparut-elle pendant cette période : tous les deux, la mère et le fils, étaient homosexuels, ils étaient donc semblables en ce qu'ils différaient des autres, de tous ceux qui vont vers le sexe opposé, faute de reconnaître leur inclination inavouée.

Renée mourut quelques années plus tard. Alors le fils retrouva sa mère pour lui seul. Mieux même que le favori, il redevint l'unique. Il lui écrivait tous les jours des lettres, des lettres d'amour, me dit-il, « comme peu de femmes ont dû en recevoir ». Ce furent les années les plus heureuses de sa vie. Ses liaisons avec les garçons ne duraient guère. « Fidèle, je suis fidèle » était la chanson de Charles Trenet qu'il préférait, il ne se lassait pas de l'écouter. La seule fidélité qu'il connaissait était celle, qu'il voulait réciproque, qui existait entre sa mère et lui.

La santé de la mère déclina. Peu à peu, mois après mois, elle devint comme absente à elle-même et aux autres. Il ne lui écrivit plus, il cessa de passer des heures auprès d'elle lors de ses séjours à Paris. Quand il évoquait des souvenirs d'autrefois dans l'espoir de partager, dans le moment présent, au moins un peu de leur passé, elle restait indifférente, sans un sourire, muette. Ou, ce qui l'accablait encore davantage, son visage ne s'animait que lorsque le nom de Renée était prononcé.

Voir sa mère ainsi diminuée, déchue — ce fut son mot — lui était, me dit-il, quand il vint me consulter, absolument insupportable. Il me parla d'elle durement comme s'il voulait aussi se faire mal à lui-même : « Ce n'est plus ma mère, c'est un légume, il est bien temps qu'elle meure. »

Je me disais, en l'écoutant, que ce qu'il ne supportait pas, c'était que ce « légume » soit asexué.

Y a-t-il des mères qui ont le pouvoir de fabriquer des fils homosexuels ? Ou, dans ce cas particulier, était-ce le fils qui avait eu le pouvoir de rendre sa mère homosexuelle ? « Tu vois, nous sommes pareils, nous sommes faits l'un comme l'autre, l'un pour l'autre, nous sommes unis pour la vie, nous ne nous quitterons jamais. »

Elle l'avait quitté. Peut-être même lui avait-elle menti. Depuis le premier jour.

Pile et *Face*

Quelques années après la publication de *L'étrange cas du docteur Jekyll* (Jekyll et Hyde, ces deux faces du même), Robert Louis Stevenson écrit *Le maître de Ballantrae*. Une grande part de l'action se situe en Écosse. En 1745, date où commence le récit, c'est la guerre. Deux hommes se disputent le pouvoir : le prince Charles, descendant des Stuart, et le roi George, de la dynastie des Hanovre. Le pouvoir ne se partage pas, il ne peut y avoir qu'un seul maître : le prince sera vaincu.

Dans un manoir du sud-ouest du pays, au cœur d'un domaine qui n'est pas loin de péricliter, demeure un vieux lord, le Maître déclinant de Ballantrae, entouré de ses deux fils, James et Henry (clin d'œil de Stevenson à son ami Henry James, frère de William), et d'une jeune fille, Miss Alison, orpheline et riche héritière, destinée à épouser celui des deux frères qui, prenant la place du lord, sera le maître du domaine, le tenant du titre. Au demeurant, c'est déjà lui, James, qui porte le nom de « Maître ». Cela lui revient de droit : il est l'aîné.

Mais d'abord quel parti prendre ? celui du roi George, dont la légitimité est plus grande, ou celui du prince Charles venu le combattre ? Premier « pile ou face » d'une longue série : « Je ne connais pas de meilleur moyen, dira James, d'exprimer mon mépris de la raison humaine. »

Toute l'orientation de nos vies dépendrait-elle de ce jeu-là, à commencer par notre venue au monde ? Pourquoi l'un est-il l'aîné et l'autre le cadet, pourquoi lui en premier et moi en second ? Pourquoi James est-il, ostensiblement, le préféré du père ? Le petit Henry aurait-il été celui de la mère dont nous ne savons rien sinon qu'elle est morte ?

« Face, je pars, pile, je reste », dit Henry. La guinée en or est lancée et retombe côté pile. « Ça t'apprendra, Jacob », persifle James, qui n'a pas oublié l'histoire d'Ésaü se faisant voler son droit d'aînesse. Tel est le point de départ de la discorde entre les deux frères. Ce qui s'est passé auparavant dans l'enfance reste pour nous, lecteurs, à l'arrière-plan et c'est tant mieux, en un sens : ainsi, tout s'accomplit au présent, l'affrontement ne cesse d'être actuel.

Alison comprend dans l'instant que ce « pile ou face », cette signature du hasard qui exige une obéissance inflexible à l'arbitrage, à l'arbitraire du sort, marquera à jamais une rupture : elle jette la pièce d'or au milieu du blason familial qui orne une grande verrière. Le blason est désormais fendu. La signature du hasard est celle du *diabolon*, celui qui divise, sépare, désunit. Ce jour-là, la mésentente — que dis-je ? la guerre, le duel entre les deux frères — ne peut que s'aggraver, jusqu'à ce que mort s'ensuive. Le diable a gagné la partie. La faille, la cassure, la brisure : lequel d'entre nous peut se prévaloir d'être *un*, d'avoir une identité, une seule ?

Je ne souhaite pas résumer le roman d'autant que j'en serais incapable. Plus encore que *L'île au trésor*, il est riche en aventures qui nous conduisent hors d'Écosse, à New York, chez les Indiens, parmi des pirates… Mais ce qui les relie, c'est toujours l'affrontement des frères ennemis. Parfois on peut croire — espérer ? redouter ? — qu'il s'apaisera ou s'achèvera faute de combattants. Pas du tout, il reprend, plus intense. Plusieurs fois, James est donné pour mort : d'abord lors du combat auprès du prince Charles, puis à l'issue d'un duel — à l'épée, celui-là — livré au cours d'une nuit d'hiver, à la lueur des flambeaux (scène admirable) ; et encore à la toute fin, alors que, poursuivi par son frère et trahi par ceux censés le protéger, James est mis sous terre, voici qu'il ressuscite ! Le diable serait-il immortel, dans sa transgression des règles qui visent à régir les relations humaines, dans son ignorance souveraine de celles de la Nature ?

Qu'est-ce qui les oppose donc à ce point, ces deux frères ? Le plus évident tient à leur différence de caractère. James est un joueur couvert de dettes, un coureur de filles, il est beau, insolent, manipulateur, extrêmement courageux aussi. Même ceux qui le méprisent ne résistent pas à la fascination qu'il exerce. En comparaison avec lui — comme si, dès qu'il est question du cadet, on ne pouvait s'empêcher de le comparer à son aîné… — Henry apparaît bien terne. C'est un garçon renfermé, peu loquace, gérant scrupuleusement, sou par sou, la propriété familiale. Un petit gestionnaire face à un grand aventurier. L'un, tout au long, met sa vie en péril, l'autre reste à la maison. Le maître et l'esclave…

Au-delà de l'opposition des caractères, au-delà de la possession du titre de *Maître*, au-delà même de la place à occuper auprès du père, ne serait-ce pas la femme, en la personne d'Alison, qu'il s'agirait de posséder ? De *posséder*, car il n'est guère question d'amour dans toute cette histoire, à moins que le seul amour ne soit celui qui entretient le feu de la haine entre les frères.

Alison est promise à l'aîné, elle est attirée par

lui. Mais quand James, à la suite du duel nocturne, est laissé pour mort, elle deviendra l'épouse d'Henry. Elle lui donnera deux enfants, une fille et un garçon. Tout paraît rentré dans l'ordre. Le diable aurait-il, cette fois, perdu la partie ? Ce serait mal connaître ses pouvoirs. Il ne s'avoue jamais vaincu. James, le « diabolique », James, décidément plus fort que la mort, revient. Il dénigre son frère, il l'humilie publiquement, l'offense, il affirme que c'est lui qu'Alison aime, il s'emploie avec succès à ce que la petite fille d'Henry s'attache à sa personne, elle grimpe sur ses genoux, ils marchent la main dans la main. Il se montre expert, ce « démon insidieux », dans l'art de semer la zizanie. Diviser, toujours diviser : il est le Maître.

Quel est l'objet de la jalousie ? Les deux frères sont jaloux l'un de l'autre, comme pourraient être jalouses les deux faces de la pièce d'or. Chacun d'eux veut s'approprier la jeune femme, les enfants, le domaine, le titre de Maître de Ballantrae. La jalousie peut bien changer d'objet, se fixer sur celui-ci, sur celui-là — un bien, un héritage, une femme, un enfant, un père —, elle diffuse, s'étend à tout ce qui s'offre à elle, elle est une passion, mais une passion à la fois fixe et errante, ravageante, destructrice, autodestructrice, une passion criminelle qui n'épargne rien. Un piège qui broie.

À la fin du livre, que se passe-t-il ? Au bout du monde, au cœur d'une jungle, pleine de dangers et de menaces, deux hommes reposent, enfin réunis, sous une même dalle. Ils se nomment James et Henry, « ennemis fraternels », dit la stèle, appelons-les « Pile et Face ». On peut imaginer qu'ils s'étreignent. Mort, serait-ce là ta victoire ?

Qu'est-ce qu'un pervers ?

Au cours de cette très lointaine année-là — à peine ai-je écrit ce mot « lointain » que la mémoire soudainement éveillée la rend présente —, quand je sortais du lycée Henri-IV, j'étais partagé entre deux sentiments : plaisir d'échapper à l'ennui savamment distillé par la plupart de nos professeurs, particulièrement celui dont les « fiches » qu'il tenait serrées dans sa main potelée comme un prêtre son bréviaire avaient de quoi vous dégoûter à jamais de la littérature ; vague tristesse de me séparer de mes camarades qui s'empressaient de rentrer chez eux, à l'exception des internes dont les blouses grises me paraissaient avoir déteint sur toute leur personne. Comme tout alors était gris, à commencer par le ciel, comme l'avenir était obscur et sombre le présent, cette année-là !

Je descendais la rue Soufflot pour rejoindre ma minuscule chambre d'hôtel où personne ne m'attendait sinon une version latine et une dissertation à remettre le lendemain ; je m'arrêtais un instant rue de Médicis chez José Corti où parfois Gaston Bachelard causait avec le maître des lieux. Puis je m'attardais rue de l'Odéon dans la librairie que tenait Adrienne Monnier vêtue de sa longue robe de laine grise qui me faisait penser à une couventine ; peut-être la compagnie des livres, jour après jour, année après année, lui tenait-elle lieu de couvent.

Elle m'intimidait malgré la gentillesse extrême avec laquelle elle accueillait l'adolescent que j'étais alors. Sa librairie était aussi une bibliothèque de prêt. Toutes sortes d'ouvrages, soigneusement recouverts de papier cristal, étaient à la disposition du visiteur, pour peu qu'il lui paraisse être comme elle un « ami des livres ». C'est grâce à Adrienne Monnier que j'ai pu lire, en cette année 1942 particulièrement froide et sinistre de l'Occupation, *Fermina Márquez*, *Sanctuaire*, découvrir Valéry, le Queneau d'*Un rude hiver* (ça tombait bien) et tant d'autres auteurs qui n'ont cessé au fil du temps de m'accompagner. Un jour elle me suggéra — j'ai peine encore à y croire — de lire Krafft-Ebing. Voulait-elle, elle si pudique, si réservée, me donner accès, à moi qu'elle devait trouver — elle ne se trompait pas — plutôt inhibé, solitaire en tout cas, aux égarements de la sexualité ? Toujours est-il que revenu dans ma chambre du sixième étage surplombant le Pont-Neuf, j'oubliai aussitôt version latine et dissertation pour ouvrir avec la plus vive impatience l'épais volume, neuf cents pages, dont le titre était en latin, comme il se devait à l'époque pour parler de ces choses-là : *Psychopathia sexualis*. Je n'y trouvai rien, en le parcourant avidement, qui puisse provoquer en moi quelque excitation comme celle que suscita plus tard la lecture de romans libertins. Mais j'appris beaucoup dans cette *Psychopathia* qui recensait méthodiquement, avec la froide et distante objectivité du savant, toutes les perversions sexuelles. J'avais affaire à un catalogue aussi minutieux et monotone à la longue, malgré la diversité des pratiques considérées, que celui d'armes et de cycles de la manufacture de Saint-Étienne. Mais là, dans les vingt-deux chapitres que comporte l'ouvrage du professeur de psychiatrie, les armes et cycles — deux mots bienvenus en l'occurrence — s'appellent Sadisme, Masochisme, Fétichisme, Exhibitionnisme, Pédophilie, Gérontophilie, Zoophilie, etc.

Je ne rêvais, dans ma dix-huitième année — à dire vrai il n'est pas certain que ce rêve adolescent m'ait jamais totalement quitté —, que de tomber amoureux d'une jeune femme ; elle aussi, cela allait de soi, serait éprise, et alors le « courant sensuel » et le « courant tendre », comme dira Freud, se rejoindraient, ne feraient qu'un ; l'érotisme aurait un goût de bonheur, le désir renouvelé délivrerait tout à la fois de la solitude, de la morosité qui me gagnait parfois à la tombée du jour et de la méchanceté humaine. Aurais-je anticipé le slogan de mai 68 « Faites l'amour pas la guerre », à condition de ne pas y voir une injonction mais un espoir ?

Dans cette attente, dans ce rêve naïf d'une union parfaite, les aberrations recensées par Krafft-Ebing me paraissaient des plus bizarres, pas monstrueuses ou scandaleuses — le jugement moral n'était pas mon fort —, ni même asociales — l'amour est toujours asocial —, mais dans les perversions je ne trouvais pas trace d'amour. Oui, vraiment des plus bizarres. Quelle étrange idée s'était donc emparée de ce jeune homme pour qu'il ne soit attiré que par des « vieilles femmes décrépites », *dixit* le professeur. Au fait comment était la sienne ? Et que penser de cette jeune femme qui ne trouvait son plaisir qu'en se faisant pénétrer par un chien ?

Avec pour guide le professeur, je ne visitais pas quelque cabinet de curiosités où le collectionneur recueille de précieux objets trouvés ici ou là, qui tous l'ont charmé, séduit ; les objets les plus ordinaires peuvent devenir exotiques, tout dépend du regard qui se pose sur eux. Non, je parcourais les salles d'un musée qui n'avait rien d'imaginaire (Krafft-Ebing illustre ses descriptions d'observations détaillées) et, comme dans certains musées où l'on passe de salle en salle, l'ennui vous gagne rapidement. « Les musées sont pleins de croûtes », disait, je crois, Picasso ; et Bonnard : « Ce qu'il y a de mieux dans les musées, ce sont les fenêtres. » Regarder dehors, ne pas rester enfermé. Les pervers seraient-ils des prisonniers, des prisonniers à vie ? Je pensais et pense toujours qu'ils le sont, tant ils sont assujettis au scénario à la fois monotone et compliqué qu'ils mettent inlassablement en œuvre pour susciter l'excitation sexuelle et parvenir à la jouissance — peut-être jouissent-ils avant tout de leur scénario. Prisonniers, les pervers, et comme les prisonniers, luttant contre leur impuissance. Des barreaux obstruant la fenêtre qui donnerait accès à la liberté, ils en sont réduits à tuer le temps. Leur mémoire s'affaiblit, reste tout au plus le souvenir de deux ou trois scènes, celle de leur condamnation par un tribunal, à leurs yeux du guignol ; celle où leur père ivre les a roués de coups, que sais-je ? Leur imagination se tarit, ils n'ont plus qu'à puiser dans la maigre réserve de leurs fantasmes qu'ils fignolent comme un outil, qu'ils aiguisent comme un couteau de cuisine.

Le maître de Ballantrae, James, était-il un pervers sexuel ? Et Phil le héros du *Pouvoir du chien* ? Nous n'en savons rien. Mais diaboliques, d'une habileté sans pareille pour corrompre et faire souffrir, pour toucher là où ça fait mal, de cela nous ne doutons pas.

L'attention portée aux perversions sexuelles par Krafft-Ebing, Havelock Ellis, Freud et, après lui, tant de psychanalystes, nous fait méconnaître l'existence et, je crois, la préséance de la *perversité* au point qu'aujourd'hui c'est un terme qu'on n'emploie plus guère.

Perversité : goût pour le Mal, attraction par le Mal. Edgar Poe, Baudelaire ont su décrire cette irrésistible attraction. Et Georges Bataille lui donna sa dignité philosophique, quasi mystique.

C'est une erreur de prétendre, comme on l'a longtemps soutenu et nos juges l'affirment encore de nos jours, que le pervers est dépourvu de « conscience morale », qu'il ignore la distinction du Bien et du Mal. Il la connaît fort bien cette distinction, il ne connaît même qu'elle ! Il la discrédite, il la bafoue, il la hait, il la nie par toutes sortes d'opérations : défi, transgression, dérision. Triste, misérable, pusillanime « normalité » !

Je dois à Robert Stoller, psychiatre à Los Angeles, de m'avoir fait comprendre le lien que je soupçonnais, mais sans pouvoir démontrer son existence, entre perversion sexuelle et perversité. Au cœur des perversions, que décèle Stoller ? La haine, l'amour de la haine. Les pervers ne connaîtraient-ils que cet amour-là ?

Séduire pour pouvoir dans un second temps, qui ne tarde guère, humilier, publiquement de préférence, prendre plaisir à manipuler — manipulation, mot qui me rappelle aussi bien les « manips » dans le laboratoire de chimie du lycée que celles des assemblées et partis politiques ; avilir, mortifier, goût de détruire l'autre et, sans doute dans un même mouvement, de se détruire soi en se faisant haïssable, toutes ces expressions de la haine je les avais vues se manifester chez J.-F. vieillissant (la vieillesse souvent ose déclarer ce qui demeurait jusqu'alors plus ou moins caché) aux dépens de ses amis les plus fidèles, de ses voisins et de son frère qui fut sa cible *préférée* — j'ai beau tenter de l'éclairer, l'affaire me demeure ténébreuse. Les traits de son visage alors s'altéraient : le sourire affable virait au rictus, les rides se creusaient, c'était comme une grimace qui soudain vous faisait face, le regard devenait fixe, comme pour mieux fixer sa proie, l'immobiliser avant de s'en saisir. Le tout accompagné, à une vitesse de mitrailleuse, de paroles destinées à blesser aux points sensibles à défaut de tuer. Non :

pas « à défaut de », car il faut à la haine, pour perdurer, et plus encore à la cruauté, que son objet demeure en vie. Il est plus difficile de haïr les morts.

J'ai dit objet de haine, car le pervers s'emploie à vous réduire à un objet qu'il utilise à son gré pour mieux vous attraper dans son filet. Son érotisme si particulier exige que l'autre ne soit plus que cela. Anéanti comme sujet. Pouvoir sans limites du « négatif ». Stoller relate des pratiques sado-maso (Los Angeles…) véritablement terrifiantes. Un raffinement de supplices infligés à l'autre comme à soi : l'Enfer ! Le titre de son livre : *La perversion, forme érotique de la haine.*

N'idéalisons pas pourtant l'érotisme. Faire l'amour, ce n'est pas une réciprocité de sujets. Et il entre toujours une part de violence dans l'acte sexuel. Jouissance, extase : le sujet disparaît, se dissout. Et puis je n'oublie pas — c'est même écrit noir sur blanc dans le « Laplanche et Pontalis » — que la sexualité humaine est foncièrement perverse en ce qu'elle n'obéit pas aux prescriptions de l'instinct, aux normes imposées par la Nature ou la Société, qu'elle est on ne peut plus déraisonnable. Je me réjouis de reconnaître en l'enfant un « sexuel polymorphe » et que notre corps d'adulte n'ait pas renoncé à cet enfant-là, qu'il puisse, au lieu de n'être qu'un assemblage d'organes, s'éprouver tout entier comme zone érogène. Heureux polymorphisme qui s'oppose au monomorphisme de la perversion et de ses chaînes !

Ne nous laissons pas abuser par l'alibi mensonger des pervers : le violeur qui affirme que la fille l'avait provoqué, qu'à tout le moins elle était consentante ; le pédophile qui se vante d'avoir révélé l'amour et la tendresse à l'enfant qui manquait de l'une et de l'autre ; le sadique qui prétend répondre au masochisme (bien connu !) des femmes. Il est vrai qu'il existe souvent ce que Masud Khan a appelé une alliance perverse, mais il s'agit là d'une alliance entre deux perversions qui se répondent, vont au-devant l'une de l'autre.

Perversité, d'où viens-tu ? D'où vient cette passion pour le Mal ? Je n'ai pas de réponse, je la cherche encore.

Il m'en vient une, à l'instant, sacrilège et quelque peu perverse. Si Dieu, en rendant l'homme et surtout la femme, à jamais coupables du péché originel, si Dieu, en les détournant violemment de lui — *aversio*, *perversio* —, était notre grand pervers, celui qui s'autorise tout ce qu'il interdit aux malheureux humains ?

Je ne vais quand même pas en faire l'auteur clandestin du volumineux inventaire que me remit celle que j'ai appelée la couventine, un certain soir de l'hiver 1942 où mieux valait ne pas céder à l'emprise du Mal, où mieux valait haïr que comprendre.

Zig et Puce

Souvenir d'une analyse qui remonte à une vingtaine d'années.

Hubert est revenu la veille d'un petit village du Sud-Est où il a assisté à l'enterrement de son frère aîné Julien. « Il n'y avait pas grand monde, juste quelques voisins, qui ne l'aimaient guère, précise-t-il, on les comprend : quand il avait bu deux verres de trop, il les insultait. Quelques voisins et moi. » Je me souviens avoir aussitôt pensé que le voisin, le voisin le plus proche, malgré les kilomètres qui séparaient les deux frères, et surtout en dépit de leur brouille, c'était lui, Hubert, mon patient qui se montrait toujours si aimable avec moi, si attentif à ne pas faire de vagues et soucieux de me plaire.

Brouillés, les deux frères l'étaient depuis des années. Ils avaient cessé de se voir, de se parler, de s'écrire. Mais Hubert, lui, ne cessait de me parler de ce frère qu'il traitait de malfaisant, de pervers, de diabolique. « Je ne connais rien de plus horrible, me disait-il, que d'être pris comme objet de haine. Pourquoi m'en veut-il à ce point ? Parce que j'ai mieux réussi que lui auquel nos parents prédisaient un brillant avenir et qui n'a jamais fait qu'errer, que végéter, jusqu'au naufrage des dernières années. Alors ce serait chez lui de la jalousie, de l'envie ? Je crois qu'au fond il m'en veut d'être né, qu'il ne l'a jamais admis, qu'il ne devrait pas y avoir de mère pour deux, qu'il y en a un de trop. Bon, d'accord. Mais pourquoi est-ce que ça me fait souffrir ? Après tout, je pourrais me réjouir qu'il m'envie, y voir un signe de ma victoire. — De votre victoire ? — Oui, d'avoir pris le dessus sur lui. Au lieu de cela, je me sens sa proie. Je vous l'ai dit : l'objet de sa haine. » Dans son intonation, c'était le mot *objet* qui était souligné.

Je me disais qu'Hubert était comme possédé par l'image de ce frère « diabolique »... Ne s'agissait-il que d'une image ? Il était si convaincant quand il me racontait les mauvais coups que Julien lui avait portés, les malversations qu'il avait subies, que j'étais tout prêt à prendre son parti, à me placer du côté de la défense et protection du « bon » victime du « méchant ». J'avais tant aimé le Rousseau des *Confessions*...

Et puis je me ressaisissais : « Personne n'est innocent. Le monde n'est pas manichéen. Oublie

Rousseau ! Il y a sûrement chez Hubert une haine bien masquée qui ne soit pas seulement réactive à celle dont il se dit la victime. » De cette haine supposée je ne trouvais pas de trace. Il me fallut du temps pour m'apercevoir que, s'agissant d'Hubert, sa manière de « prendre le dessus » sur moi était de m'empêcher de ressentir à son endroit la moindre irritation, de dire quoi que ce soit susceptible de le blesser. Puisqu'il ne manifestait pas d'agressivité, je n'allais quand même pas, moi, le bousculer. Pas de vagues, pas d'éclats, le calme, la bonne entente. Être un frère qui n'en soit plus un faux.

Surtout ne pas devenir un objet de haine. Être un allié.

Un allié contre qui ? Contre le mauvais frère, bien sûr. Laissé seul, Hubert serait sans défense. Mais, au-delà de la personne du frère, quelle force obscure fallait-il affronter ? Je n'étais pas pressé de lui donner un visage, un nom à cette force obscure, et même je m'y refusais, pressentant qu'elle dépassait les personnes, qu'elle les traversait. Pour un peu j'aurais parlé de force du destin.

Dans les générations précédant celle de Julien et d'Hubert, les brouilles entre frères, entre sœurs, s'étaient succédé. De quoi faire croire en la répétition inconsciente, de quoi adhérer aux théories du transgénérationnel dont je n'étais pourtant pas un adepte. Ce mot de brouille qui revenait souvent dans les propos d'Hubert m'arrêtait. Je pensais au brouillard qui voile, fait disparaître les formes, à la buée sur les vitres, à la vue qui se brouille, à la mémoire qui confond les époques, je pensais à l'incompréhension. Il fallait que je cesse de comprendre Hubert. Il m'y aida, involontairement.

Il lui arrivait de se plaindre — c'était toujours ses premiers mots au début d'une séance — de l'indifférence, voire du mépris des passants : « Tenez, en arrivant chez vous, un homme, alors que j'allais entrer dans votre immeuble et que lui en sortait, a fermé brutalement la porte cochère, votre précédent client, sans doute. J'avais envie de lui crier : Mais j'existe, quand même ! » Chez moi, il avait trouvé des oreilles grandes ouvertes et bienveillantes, il était sûr, trop sûr, d'exister pour lui-même, d'être reconnu dans ce qu'il avait d'unique, jusqu'à se croire mon « fils unique ». Mais ce mot de « client », lâché comme en passant, laissait poindre un rien d'hostilité en même temps qu'il me rabaissait : je feignais d'être sensible à la souffrance de mes patients, pas du tout, je n'étais qu'un commerçant soucieux de garder sa clientèle.

Le frère fut bientôt loin d'être le seul ennemi. Plus d'une de ses relations de bureau n'était qu'un « faux-cul », son patron un incapable arrogant, ses amis d'enfance des égoïstes, et ils ne s'arrangeaient pas avec le temps ; les femmes, une fois passé les premiers jours, et ils passent vite, toujours la tête ailleurs — « Ailleurs qu'avec vous ». Il n'apprécia pas ma remarque prononcée, je dois le dire, avec quelque agacement.

C'est qu'il commençait à m'irriter cet homme qui n'était plus pour moi ce malheureux, ce pauvre Hubert. Me revenait à l'esprit tout ce qu'il m'avait confié de sa difficulté à émerger le matin du sommeil ou de ses rêves — dont il ne parlait jamais, y avait-il en eux trop de manifestations de haine ? « Au lever, le monde entier m'est hostile. Je ne supporte pas le moindre bruit, je ne dis pas un mot à ma femme en prenant mon petit déjeuner, j'ai peur que le courrier ne m'apporte que des lettres recommandées avec accusé de réception, ça n'est jamais bon signe ça, il me faut une heure ou deux avant que je puisse mettre le nez dehors, aller à mon travail. Oui, c'est comme un sas, j'ai besoin de cet espace, de ce temps mort. » Je répétais : « De ce temps mort » sans que ces mots rencontrent le moindre écho.

Longtemps, l'aveu de son incapacité matinale à rejoindre le monde extérieur m'avait ému. Comme il avait du mal à naître au monde, à ce monde, comme il avait du mal à naître ! À venir au monde pour y être accueilli ! À ce malheureux peut-être, il eût fallu une bonne mère, chaleureuse, compréhensive. Je l'étais.

Maintenant je voyais les choses autrement. Ce dont souffrait Hubert — car je ne méconnaissais quand même pas sa souffrance —, ce n'était pas tant d'avoir été maltraité par son frère, mal aimé par sa mère (« Julien était son préféré, j'en ai mille preuves »), négligé par son père (« Toujours plongé dans ses livres, celui-là »), c'était de ne pas avoir été reconnu dans sa différence. Au moins s'attribuer la figure de l'enfant maudit lui assurait-il cette différence. C'est ça qui est terrible dans les familles, c'est qu'on se trouve contraint de se différencier. Comment sortir de cette maison indivise qu'est toute famille ? Hubert ne pouvait pas occuper la place de son aîné, le fils chéri, à moins d'en être une pâle réplique.

J'appris tardivement qu'après Julien la mère souhaitait une fille. Fausse couche ? morte à la naissance ? Hubert ne savait pas. Mais cette fille fantôme, cet enfant des limbes était en lui. Je pensais qu'il lui avait fallu prouver qu'il était un garçon, montrer à tout prix qu'il n'était pas la petite sœur de son frère aîné. Travailler dur, gravir les échelons dans sa profession, se marier jeune, avoir des enfants, faire du sport, que sais-je ? Il m'apparaissait que toute sa vie, sa « réussite » ne visait qu'à écarter, prévenir toute incertitude concernant son sexe. « Je me demande, me dit-il un jour, si Julien n'était pas homosexuel. »

*

Je viens d'achever la lecture du *Maître de Ballantrae* et voici que tout s'entremêle. Je vois des analogies entre le roman et l'analyse d'Hubert (coïncidence : les initiales des prénoms des frères H et J étaient les mêmes). Je retrouve dans mes propres démêlés fraternels des traces des deux histoires. Oui, ces démêlés s'entremêlent. Tout se « brouille ».

Curieusement j'ai omis de rapporter ce que m'avait dit Hubert en revenant de l'enterrement de son frère : « J'y étais allé pour la forme, pour que quelqu'un de la famille — il n'y avait plus que moi — soit présent. J'étais tout plein de ressentiment et, je ne sais pas ce qui m'a pris, j'ai voulu dire quelques mots sur la tombe. Nous avions lu, enfants, des albums de *Zig et Puce* découverts dans un grenier. Nous nous étions réparti les rôles : il serait Zig, je serais Puce. Et voilà qu'après avoir dit publiquement que mon frère n'était pas d'un caractère facile — ses voisins en savaient quelque chose —, j'ai dit, mais qu'est-ce qui m'a pris, je vous le demande, qu'est-ce qui m'a pris ? "Adieu, mon vieux Zig", dans un sanglot. »

J'imagine qu'aujourd'hui Zig et Puce, comme James et Henry le furent au fin fond de la jungle, sont enterrés sous la même dalle dans le petit cimetière paisible du Sud-Est. Entre eux plus de différence, plus de différend. Face et pile ne font plus qu'un. L'autre est devenu soi. À moins que le duel féroce entre les morts ne se poursuive sans fin. Allez savoir !

L'invention de la fraternité

J'avais tout juste seize ans. J'étais en première. Au programme d'histoire, cette année-là, la Révolution française. Sujet de composition : l'Assemblée constituante. Il y avait tant de conviction et d'enthousiasme dans ma copie que notre professeur, qui avait quelque idée de mon milieu social — pas vraiment révolutionnaire ! —, parut d'abord surpris avant de me féliciter, en bon républicain qu'il était. Nous étions au début d'une guerre qui allait vite cesser d'être « drôle » avant que ne s'instaure un régime qui allait mettre à mort la République.

Le serment du Jeu de paume, la naissance d'une Assemblée nationale, l'abolition des privilèges, l'affirmation que les hommes sont frères au-delà de leur condition sociale, tout cela m'exaltait. Je ne me lassais pas de regarder les images du Malet et Isaac illustrant ces événements.

Le régicide, hâtivement assimilé par certains

historiens à un « meurtre du père », n'était pas mon affaire. Comment aurais-je pu voir en Louis XVI un père ? À mes yeux, c'était un brave homme qui n'aurait jamais dû être roi, de droit divin par surcroît. J'étais persuadé que lui aussi le pensait, qu'il rêvait d'être tout bonnement un artisan serrurier, qu'il souhaitait tout au plus qu'on l'aimât bien. Avant même que sa déchéance fût proclamée, il était tombé de ce trône où un funeste destin l'avait placé malgré lui.

Ce qui suscitait mon enthousiasme, ce n'était donc pas la mort du roi mais l'irruption d'une volonté commune, c'était le Tiers État revendiquant sa place, pourquoi pas ? toute la place. Pas d'autre héros, dans mon esprit d'alors, que lui. Je devais me méfier — je n'avais pas tout à fait tort — des personnalités marquantes, hors du commun, qui, à leur tour, se prendraient pour des souverains. Je n'acceptais qu'un souverain : le peuple ou, à défaut, ceux qui étaient convaincus de le représenter. « Nous sommes ici par la volonté du peuple. » Les baïonnettes, la violence, l'abus de pouvoir, c'était de l'autre côté.

Me prenais-je pour le Tiers État ? Et confondais-je ma famille qui avait eu si peur du Front populaire et des grèves ouvrières avec le clergé et la noblesse défendant leurs privilèges indus ? En me réjouissant de l'abolition des privilèges — comme elle était belle, rayonnante de lumière, cette nuit du 4 août ! — n'était-ce pas le droit d'aînesse ma cible principale ? Le lendemain de la mort de mon père, il s'était trouvé quelqu'un pour dire à mon frère aîné : « Te voici maintenant le chef de famille ! » Que pouvais-je rétorquer ? Je n'avais pas fait ma nuit du 4 août.

Mon père, lui, ne s'était jamais institué en père de famille. Il était mon père, j'étais son fils. Cela me suffisait pour exister.

Parmi les illustrations de mon manuel d'histoire, c'est au dessin de David représentant le serment du Jeu de paume qu'alla d'abord ma préférence. Je voyais dans ces hommes, jeunes pour la plupart, les bras levés, soudain réunis par un même élan, dans un enthousiasme collectif, la célébration de l'alliance de la fraternité et de l'amitié. Ils juraient de rester fidèles à cette alliance. Ils inventaient la fraternité. Ils exaltaient l'amitié, voire l'amour.

Ce fut une de mes grandes illusions, encore qu'il m'en soit resté quelque chose, dans ma quête si longtemps poursuivie d'un « vrai frère », et dans mon attraction, un temps, par un communisme qui ne serait pas celui de Staline. Plus tard vint ma participation au groupe des *Temps modernes*. Les adversaires, et ils ne manquaient pas, étaient les autres. Plus tard encore, je crus en l'existence d'une communauté psychanalytique (comme je me trompais !).

Quelle désillusion (le mot est faible) quand je dus me rendre à l'évidence : entre les prétendus frères de la Révolution, ce n'était que rivalité, que lutte à mort. Foutaise, l'idéal de la fraternité ! Ce n'est pas Flaubert qui me contredira : « La fraternité, une des plus belles inventions de l'hypocrisie sociale. »

Comment s'en débarrasser ?

Elle est toute jeune, Amalia, quand elle épouse Jakob. Il a vingt ans de plus qu'elle. Il a déjà été marié, une fois, deux fois (le mystère demeure). De son premier mariage, il a eu deux enfants.

Amalia lui donne un fils, prénommé Sigismund. Elle l'appelle Sigi. Sigi, qui sera plus tard connu sous le nom de Sigmund, n'a jamais douté, ou a toujours voulu croire, qu'il était le fils élu d'Amalia, de « mère chérie ». Devenu célèbre, il écrira : « Quand on a été le favori incontesté de sa mère, on en garde pour la vie ce sentiment conquérant [il se définira comme un *conquistador*], cette assurance de succès dont il n'est pas rare qu'elle entraîne effectivement le succès. »

Il oublie, ou veut oublier, que, quelque temps après sa naissance, un petit frère nommé Julius, comme César ! avait fait son apparition. C'est seulement dans une lettre adressée à un ami, une sorte d'*alter ego* avec qui il finira par rompre définitivement, qu'il ne dissimule pas ce qu'il ressentit à l'arrivée de l'intrus : « Tout me fait croire que la naissance d'un frère d'un an plus jeune que moi et qui mourut quelques mois plus tard avait suscité en moi de méchants souhaits et une véritable jalousie enfantine et que sa mort avait laissé en moi le germe d'un remords. »

Dans son œuvre abondante, dans l'analyse minutieuse qu'il a faite de ses propres rêves, il ne sera jamais question de ce Julius. Plus rien, silence de *mort*.

Il reviendra pourtant, cet indésirable, cet intrus qui vous prive de l'illusion d'être l'unique élu, voire l'unique possesseur de la mère (comme si le père, ce vieil homme, ne vous faisait pas ombrage). Il revient sous un autre nom.

Sigmund, grand admirateur de Goethe, trouve dans *Dichtung und Warheit* (*Poésie et Vérité*) un souvenir d'enfance qui doit bien lui rappeler quelque chose.

Johann Wolfgang a trois ans et demi quand apparaît un petit frère. Il ne vécut que quelques années. Selon un témoin, l'aîné ne versa pas une larme à l'annonce de sa mort, les lamentations de ses parents et de ses frères et sœurs l'agaçaient.

Dans les premières pages de *Poésie et Vérité*, Goethe relate les circonstances de sa propre naissance : la conjonction des astres, écrit-il, a dû lui être favorable car, donné pour *mort* [je souligne], il survécut. Premier signe d'élection de l'aîné. Aussitôt il rapporte un souvenir d'enfance qui retint l'attention de Freud, cet autre aîné, cet autre élu, au point qu'il lui consacra un texte, souvenir dont on devine que Goethe, alors âgé de soixante ans, éprouve du plaisir à le raconter. L'enfant précipite par la fenêtre tout ce qu'il peut trouver comme vaisselle : plats, assiettes et pots vont se briser dans la rue tandis que de jeunes voisins et amis, trois frères qui font alliance pour l'encourager, s'exclament dans une excitation partagée : « Encore, encore. »

On dirait que le vieil homme, si noble, si digne, en évoquant ce qu'il nomme une espièglerie, se dit à lui-même « encore, encore ». Comme il est resté vif, cet exploit ! Et comme l'acte parvient à se répéter dans le mot ! Encore, encore et toujours !

Freud, pour cause, est bien placé pour analyser le souvenir d'enfance de Goethe et pour en dégager la signification profonde. Le plaisir de casser n'est pas l'essentiel de l'affaire, pas plus que l'intention de se montrer odieux aux yeux des parents. Non, le méchant souhait auquel Freud faisait allusion à propos de Julius est le suivant : « Il faut que le nouvel enfant soit *emporté* [cette fois, c'est Freud qui souligne] si possible par la fenêtre parce que c'est par là qu'il est venu. »

Quel meilleur moyen pour éliminer le concurrent que de jeter *dehors* l'intrus ? Si seulement cela pouvait être une fois pour toutes.

Sigi est devenu le professeur Freud. Il entreprend d'écrire un roman. Mieux : il invente un mythe des origines. Ce roman, ce mythe s'appelle *Totem et Tabou*.

Comme tout grand romancier, Freud est complètement pris par son sujet. Il se documente, lit toutes sortes d'ouvrages d'ethnologie qui le font sortir de son domaine propre, de *sa* psychanalyse. Il prend des notes, recopie des passages. Il affirme que ce sera son plus grand livre, il se sent comme contraint de l'écrire, il ne peut pas faire autrement, quitte à déconcerter ses disciples, à être surpris lui-même de cette passion qui lui est venue sur le tard. À un ami il déclare drôlement : « Je n'ai voulu nouer qu'une petite liaison et j'ai découvert à mon âge que je dois épouser une nouvelle femme. »

On connaît la thèse centrale de *Totem et Tabou*. À l'origine, une horde, à l'origine un père, un *Urvater*, un père terrible qui se réserve la possession des femmes et réduit les fils à l'impuissance.

Jusqu'au jour, oui, ce fut un jour, où les fils se rassemblèrent et alors ils cessèrent d'être seulement des fils humiliés pour devenir des frères. Rassemblés, ils tuent le père puis le dévorent — ils mangent du père — au cours d'un festin cannibalique qui permet à chacun d'eux de s'approprier un peu de la puissance paternelle. Au temps de la horde sauvage va succéder celui de la société humaine, fraternelle, au règne de la pure violence celui de la loi.

Je disais : quel roman ! en songeant à *La guerre du feu* de Rosny aîné…

Le roman, le mythe freudien n'a rien perdu de sa force, il inspire toute révolution, cette mutation soudaine qui fait passer de la soumission au tyran à la révolte contre lui, à son meurtre. La Boétie eût dit : *Contr'un*, pour échapper à la servitude, volontaire ou non.

Soit, mais après ! après la mise à mort du Père, que se passe-t-il ? Le rassemblement des frères va vite céder la place à une lutte fraternelle qui, elle, ne se limitera pas à « un jour » mais se répétera sans fin. Rivalité, jalousie, refus de partager équitablement seront un rendez-vous permanent.

« Au commencement était l'acte », c'est ainsi que Freud, citant Goethe — serait-ce lui qui commit l'acte de jeter la vaisselle par la fenêtre en y prenant un vif plaisir ? — conclut son essai. Il paraît oublier que cet acte supposé être accompli une fois pour toutes quand il s'agit du père, même si le père va revenir sous la forme d'un spectre, d'un fantôme entre la vie et la mort, est toujours à renouveler quand il s'agit des frères. Pourtant Freud en savait quelque chose des « mauvais souhaits » concernant le petit Julius, mort, si je puis dire, à point nommé, le hasard ou le destin étant venu donner la réponse aux lancinantes questions : « Comment l'expulser ? D'où il sort celui-là ? Comment le jeter dehors ? Comment s'en débarrasser ? »

*

Rien de plus éloigné de l'*Urvater* freudien que ce malheureux roi qui avait cessé d'être roi bien avant de monter sur l'échafaud. C'est une idée apparemment saugrenue que de rapprocher un Père mythique tout-puissant comme il n'en existe pas, d'un monarque défaillant, comme il en existe tant. Le premier, tel un grand singe, disposait à sa guise de toutes les femelles alors que le second, dit-on, mit des années avant de se risquer à pénétrer sa royale épouse, toute soumise qu'elle était à sa mère impératrice.

Ce qui m'autorise à les rapprocher, c'est qu'après la mise à mort de l'un comme de l'autre devait s'instituer une société de frères, mieux qu'une société nouvelle, autre chose qu'un nouveau régime : *la* Société. Dans les deux cas, ce fut une révolution.

Que se passa-t-il entre les frères une fois délivrés du père ou du roi ? *Totem et Tabou* ne répond guère à la question : étrange silence, surprenante confiance de la part de Freud qui pourtant s'interrogera à plusieurs reprises : « Pourquoi la guerre ? » Mais notre Histoire à nous, celle de la Révolution française, est éloquente. Dès nos années de lycée, nous avions appris que l'harmonie n'était pas au rendez-vous. Ce fut d'abord la lutte entre « aristocrates » et « patriotes », puis la scission chez les « patriotes », l'affrontement des Girondins et des Montagnards et, à l'intérieur de chaque parti, de chaque club (des Jacobins, des Feuillants, des Cordeliers, entre tant d'autres, tous bien différents des paisibles clubs londoniens...), non pas des débats d'idées policés, mais des combats sans merci entre rivaux avides de conquérir le pouvoir.

Plus les années passent, plus la société de la fraternité s'éloigne. À croire qu'il est impossible de partager équitablement à plusieurs le pouvoir qui appartenait antérieurement à l'Un. À croire qu'une fois débarrassé du père tyrannique, celui de la horde primitive, ou du monarque mal aimé auquel on est assujetti (Louis XVI parlait encore de ses *sujets*), le vrai combat commence. Quand le pouvoir repose tout entier dans les mains d'un tyran ou d'un souverain, la révolte n'a qu'une seule cible : il suffit aux fils, aux sujets, de se rassembler, de constituer une Assemblée pour décider de la mise à mort. Mais quand la souveraineté est transférée au peuple (le peuple n'est pas une foule anonyme), autrement dit entre une multiplicité d'hommes qui ne tarderont pas à se reconnaître comme autant d'individus séparés, alors la lutte ne peut manquer de s'engager entre eux.

Si la Révolution était, bien plus qu'un parricide, fratricide ?

La *Révolution fratricide* est le titre d'un livre, aussi savant que passionnant, de Jacques André qui m'a montré que mes souvenirs de lycée étaient une version édulcorée de la réalité.

Bien avant que la *Terreur* et sa paranoïa ne s'installent, la conviction que mon voisin était suspect, qu'il pourrait bien être mon ennemi, que mon « frère » complotait contre moi, derrière mon dos, cette conviction-là, avec les ravages qu'elle entraîne, serait-elle en germe dans toute société qui proclame, haut et fort, n'avoir pour idéal que la fraternité ?

Et cependant voilà des siècles innombrables
Que vous vous combattez sans pitié ni remord,
Tellement vous aimez le carnage et la mort
Ô lutteurs éternels, ô frères implacables !

BAUDELAIRE

Le point fixe

Lassitude. Envie de renoncer. Ces histoires de frères qui s'aiment, se haïssent, se disputent l'amour de la mère, du père, je m'en sens prisonnier. Je me dis, comme il nous arrive sottement de le dire à d'autres : « Mais enfin, tout cela, à quoi bon le ressasser, tu tournes en rond. » Alors, je vais voir ailleurs, j'écris autre chose pour me distraire : des textes courts, distants de moi. Mais ce temps de distraction ne dure pas. Je me retrouve soumis à quelque contrainte intérieure, obscure. À mon interlocuteur imaginaire, je réponds : « Mais non, je ne ressasse pas, j'avance lentement, parfois je reviens sur mes pas. Sur les pas de qui ? Je l'ignore. »

L'interlocuteur insiste : « Mais que comptes-tu trouver en fin de compte ? Le secret de la jalousie ? Aurais-tu l'ambition de découvrir l'origine des guerres, de dénoncer l'hypocrisie de tout appel à la fraternité ? Tu as parlé d'enquête mais permets-moi de te dire que ton enquête piétine. — Non, mon enquête a la forme d'une spirale, elle est faite d'une série de courbes qui tournent autour d'un point fixe. Comment dit-on en photographie ? Le point focal. — Et tu ignores si cette spirale va te rapprocher toujours plus de ce point fixe ou t'en éloigner ? — Exactement. En tout cas, moi, j'aimerais m'en éloigner, j'aimerais en finir, qu'il n'y ait plus de point fixe, mais seulement des lignes, droites, brisées, peu importe, mais des lignes qui m'invitent à aller de l'avant, vers l'avant, pas en arrière, sur des chemins que j'inventerais, un pas après l'autre. »

L'interlocuteur imaginaire m'a troublé. Je ne lui ai pas dit, par exemple, que je faisais tout ce que je pouvais pour éviter les conflits, que la violence physique ou même verbale — les insultes, les paroles destinées à blesser — me faisait horreur, que les passions qu'on appelle *basses* — la jalousie, la haine, faut-il y inclure non le désir mais l'appétit sexuel, celui qui vous rend consommateur de tout ce qui est consommable — me paraissaient indignes. Comme si je ne doutais pas de l'existence d'une frontière séparant nettement le haut et le bas, l'humain de l'inhumain.

Oui, mais dans la rubrique des « faits divers », le récit des crimes m'attire plus que tout : le « forcené », comme disent les journaux, qui, retranché dans sa maison, assassine toute sa famille et menace de son arme les autorités venues parlementer ; celui qui tire au hasard sur les passants ; les infanticides, parricides, matricides. J'ai un faible particulier pour les crimes qualifiés de passionnels (ah ! la femme d'un ancien maire d'Orléans, humiliée, bafouée par son mari qu'elle tua à coups de revolver !). Je ne m'intéresse pas aux braqueurs de banques. Seuls les crimes *incompréhensibles*, ceux qu'on qualifie de monstrueux, me fascinent.

Relâche

Ils se sont battus comme des bêtes les uns contre les autres, ils disaient que c'était un cauchemar, un enfer, une boucherie, ils savaient qu'ils allaient continuer à s'entre-tuer. Ce n'étaient pas des révoltés, ce n'étaient pas des mutins dénonçant l'absurdité de la tuerie, c'étaient de braves soldats ordinaires. Pour quelques heures, quelques jours parfois, ils cessent d'être des ennemis jurés, ils *fraternisent*. Rien de décidé, rien d'organisé, et voici qu'au lieu de se répondre par des armes qui tuent ils se répondent par des chansons, ils s'applaudissent, ils se photographient, ils échangent des cigarettes, des cigares, ils improvisent une partie de football avec un sac rempli de paille ou une boîte en fer-blanc, ils se transmettent des outils pour réparer leurs tranchées respectives que séparent quelques mètres. Une surprise parfois : un soldat britannique discute avec un Allemand qui fut son coiffeur à Londres, il lui demande de lui couper les cheveux.

Les balles sont au repos, les mitrailleuses ne crépitent plus. C'est comme un grand silence, leur armistice à eux, un armistice provisoire. L'un d'eux écrit : « C'est bizarre de penser que demain soir nous allons recommencer à nous battre férocement. » Et cet autre : « On commence à comprendre qu'il est impossible de haïr sans relâche. »

Alors, ils font relâche, avant de jouer à nouveau leur rôle, celui que leurs gouvernants, leurs chefs militaires leur ont assigné, dans le « théâtre des opérations »... Alors, chacun servira sa « mère patrie », quitte à mourir, quitte à haïr — il le faut — son frère d'en face.

Je ne crois pas en la fraternité, en la fraternité native. Je doute de l'existence d'une communauté fraternelle. Mais je crois en la fraternisation. À quelle condition devient-elle possible ? Ce soldat voyait juste quand il écrivait, parlant de ses frères ennemis : « Ils sont dans la même mouise que nous. » Autrement dit, des humains.

J.-F. et moi nous avons connu des temps de relâche. Sans doute quand nous découvrions que nous étions dans la même mouise et que nous pouvions en rire tous les deux, de *bon cœur.*

Peut-être ce livre, que j'ai tant de mal à écrire, et surtout à terminer, représente-t-il une tentative ultime de fraternisation.

Un couple rêvé

Pas question que je les oublie, ces frères-là.

Les frères de Montgolfier inventent un appareil qui porte leur nom. Cet appareil permet de surplomber la terre.

Les frères Lumière, au nom prédestiné, inventent, un siècle plus tard, un appareil qu'ils nomment cinématographe et qui permet d'éclairer le temps. Un train entre en gare de La Ciotat. Il s'arrête. Des voyageurs en descendent. Le temps s'arrête aussi. En suspens.

Le train repartira, il ira plus loin. Puis il fera le même parcours en sens inverse et c'est un autre paysage que verront les voyageurs à travers la fenêtre de leur compartiment.

La montgolfière se posera sur le sol puis elle décollera à nouveau, et les passagers dans la nacelle munis d'une longue-vue découvriront un autre monde, un autre visage de la terre qu'ils viennent de quitter.

Quel couple imaginaire, quel couple de rêve forment à mes yeux ce train fantomatique et cette montgolfière enfantine ! J'attends de leur alliance improbable qu'ils m'emportent ailleurs, m'entraînent loin de tout *point fixe*, qu'ils me permettent, ces inventeurs, d'inventer ma vie jour après jour.

Je me demandais, au commencement de ce livre, quel en serait le destinataire. Maintenant où il s'apprête à entrer en gare avant de partir je ne sais où, je ne sais vers qui, j'ai trouvé : je le destine à ce couple rêvé.

L'adieu aux armes

Quitter ce livre.

Je consulte la liste établie avant que je ne commence à écrire ces pages. Bien des couples de frères que j'y avais inscrits n'ont pas été évoqués, quelques autres, imprévus, sont venus à leur place.

Oui, quitter ce livre, lui dire un adieu définitif. Quitter ce territoire immense des combats fratricides, des indémêlables démêlés fraternels, trouver un lieu — en existe-t-il ? — où la haine ne serait pas à l'œuvre.

Écrire, pourquoi pas ? un roman d'amour. Un roman d'amour qui se situerait en pleine guerre, une guerre et ses horreurs dont tenteraient de s'enfuir les amants.

Comme j'ai aimé dans ma jeunesse *L'adieu aux armes* ! Comme j'ai aimé la rencontre en Italie du lieutenant américain Frédéric Henry et de Miss Barcley la petite Anglaise ! Comme je l'ai aimée, aimée imaginairement, Cathy, la tendre, la délicieuse infirmière ! Je l'appelais *ma* Cathy avant de m'endormir, avec l'espoir de rêver qu'elle serait à mes côtés pour toujours.

Le calme du lac Léman où se réfugient les amants ne fut qu'une parenthèse. L'enfant de l'amour meurt à peine venu au monde, il entraîne Cathy, elle qui était si merveilleusement vivante, dans la mort. Le lieutenant a beau supplier, encore et encore : « Bon dieu, ne la laissez pas mourir ! » il n'est pas entendu. Rien ne répugne plus au *diabolon* séparateur que l'union des amants.

L'homme rentre seul à son hôtel sous la pluie. Cathy, la courageuse, avait peur de la pluie. Pourquoi ? « Parce que, disait-elle, je m'y vois morte. »

La guerre aurait-elle toujours gain de cause ? Une guerre s'achève, une autre prend le relais. La guerre ne finit jamais. La guerre est partout.

La passion de détruire, le Mal triompheront-ils toujours de l'amour fou ? du bonheur et de la douleur d'aimer ?

Remerciements

Je remercie
Stéphane Audeguy
Hector Bianciotti
Antoine Billot
Catherine Chabert
Jean-Michel Delacomptée
Jacques Drillon
Ludovic Escande
Bernard Favarel-Garrigues
Colette Fellous
Robert Gallimard
François Gantheret
Christian Garcin
Sylvie Germain
Roger Grenier
de m'avoir fait connaître des romans et des biographies traitant de couples de frères ou d'avoir bien voulu lire mon manuscrit et me transmettre leurs critiques et suggestions.

Illustrations

1. Antonin et Amédée L.-P. enfants. Collection particulière.
2. Maître Bertram de Minden, *Caïn tuant Abel* (détail de l'autel de Grabow). Kunsthalle, Hambourg. Photo © Bridgeman Giraudon.
3. Edmond et Jules de Goncourt, photographie de Nadar. Photo © Rue des Archives.
4 et 5. Marcel et Robert Proust, photographies de Nadar.
6. Gustave Flaubert, photographie de Nadar. Photo © Roger-Viollet.
7. Louis Bouilhet, photographie anonyme. Bibliothèque nationale de France, Paris. Photo © AKG-images.
8. Sigmund Freud et Wilhelm Fliess. Photo © Imagno/Roger-Viollet.
9. La tombe des frères Van Gogh. Photo collection particulière.
10. Jacques-Louis David, *Le serment du Jeu de paume à Versailles, le 20 juin 1789* (détail). Châteaux de Versailles et de Trianon, Versailles. Photo © RMN-Gérard Blot.
11. Extrait de *Zig et Puce* par Alain Saint-Ogan. Droits réservés.
12. Alexandrie, 1995. Photographie de Carlos Freire.

DU MÊME AUTEUR

Aux Éditions Gallimard

APRÈS FREUD, 1968, « Les Essais » ; « Idées », *n° 237* (Tel n° 223, nouvelle édition revue et augmentée d'un post-scriptum en 1993).

ENTRE LE RÊVE ET LA DOULEUR, 1977, « Connaissance de l'Inconscient » (Tel n° 81).

LOIN, 1980 (Folio n° 2332).

L'AMOUR DES COMMENCEMENTS, 1986. Prix Femina-Vacaresco (Folio n° 2571, avec un post-scriptum inédit en 1994).

PERDRE DE VUE, 1988, « Connaissance de l'Inconscient » (Folio essais n° 351).

UN HOMME DISPARAÎT, 1996 (Folio n° 3122).

CE TEMPS QUI NE PASSE PAS *suivi de* LE COMPARTIMENT DE CHEMIN DE FER, 1997, « Connaissance de l'Inconscient, série Tracés » (Folio essais n° 392).

L'ENFANT DES LIMBES, 1998 (Folio n° 3463).

FENÊTRES, 2000 (Folio n° 3642).

EN MARGE DES JOURS, 2002 (Folio n° 3922).

TRAVERSÉE DES OMBRES, 2003. Prix Valery Larbaud (Folio n° 4294).

FRÈRE DU PRÉCÉDENT, 2006. Prix Médicis Essais (Folio n° 4608).

ELLES, 2007.

Dans la collection « À voix haute »

UNE LECTURE ÉGOÏSTE, avec Daniel Pennac, 2006.

Chez d'autres éditeurs

VOCABULAIRE DE LA PSYCHANALYSE (avec Jean Laplanche), 1967, *Presses Universitaires de France* (Quadrige).

FANTASME ORIGINAIRE, FANTASMES DES ORIGINES, ORIGINES DU FANTASME (avec Jean Laplanche), 1985, *Hachette,* coll. « Textes du XXe siècle » (Pluriel).

LA FORCE D'ATTRACTION, 1990, *Éditions du Seuil,* coll. « La Librairie du XXe siècle » (Points Essais n° 400).

LE DORMEUR ÉVEILLÉ, 2004, *Mercure de France,* coll. « Traits et Portraits » (Folio n° 4369).

PASSÉ PRÉSENT, 2007, *Presses Universitaires de France,* coll. « Petite bibliothèque de psychanalyse ».

COLLECTION FOLIO

Dernières parutions

4427.	Isabelle Jarry	*J'ai nom sans bruit.*
4428.	Guillaume Apollinaire	*Lettres à Madeleine.*
4429.	Frédéric Beigbeder	*L'Égoïste romantique.*
4430.	Patrick Chamoiseau	*À bout d'enfance.*
4431.	Colette Fellous	*Aujourd'hui.*
4432.	Jens Christian Grøndhal	*Virginia.*
4433.	Angela Huth	*De toutes les couleurs.*
4434.	Cees Nooteboom	*Philippe et les autres.*
4435.	Cees Nooteboom	*Rituels.*
4436.	Zoé Valdés	*Louves de mer.*
4437.	Stephen Vizinczey	*Vérités et mensonges en littérature.*
4438.	Martin Winckler	*Les Trois Médecins.*
4439.	Françoise Chandernagor	*L'allée du Roi.*
4440.	Karen Blixen	*La ferme africaine.*
4441.	Honoré de Balzac	*Les dangers de l'inconduite.*
4442.	Collectif	*1,2,3... bonheur!*
4443.	James Crumley	*Tout le monde peut écrire une chanson triste* et autres nouvelles.
4444.	Niwa Fumio	*L'âge des méchancetés.*
4445.	William Golding	*L'envoyé extraordinaire.*
4446.	Pierre Loti	*Les trois dames de la Kasbah* suivi de *Suleïma.*
4447.	Marc Aurèle	*Pensées (Livres I-VI).*
4448.	Jean Rhys	*À septembre, Petronella* suivi de *Qu'ils appellent ça du jazz.*
4449.	Gertrude Stein	*La brave Anna.*
4450.	Voltaire	*Le monde comme il va* et autres contes.
4451.	La Rochefoucauld	*Mémoires.*
4452.	Chico Buarque	*Budapest.*
4453.	Pietro Citati	*La pensée chatoyante.*
4454.	Philippe Delerm	*Enregistrements pirates.*

4455.	Philippe Fusaro	*Le colosse d'argile.*
4456.	Roger Grenier	*Andrélie.*
4457.	James Joyce	*Ulysse.*
4458.	Milan Kundera	*Le rideau.*
4459.	Henry Miller	*L'œil qui voyage.*
4460.	Kate Moses	*Froidure.*
4461.	Philip Roth	*Parlons travail.*
4462.	Philippe Sollers	*Carnet de nuit.*
4463.	Julie Wolkenstein	*L'heure anglaise.*
4464.	Diderot	*Le Neveu de Rameau.*
4465.	Roberto Calasso	*Ka.*
4466.	Santiago H. Amigorena	*Le premier amour.*
4467.	Catherine Henri	*De Marivaux et du Loft.*
4468.	Christine Montalbetti	*L'origine de l'homme.*
4469.	Christian Bobin	*Prisonnier au berceau.*
4470.	Nina Bouraoui	*Mes mauvaises pensées.*
4471.	Françoise Chandernagor	*L'enfant des Lumières.*
4472.	Jonathan Coe	*La Femme de hasard.*
4473.	Philippe Delerm	*Le bonheur.*
4474.	Pierre Magnan	*Ma Provence d'heureuse rencontre.*
4475.	Richard Millet	*Le goût des femmes laides.*
4476.	Pierre Moinot	*Coup d'État.*
4477.	Irène Némirovsky	*Le maître des âmes.*
4478.	Pierre Péju	*Le rire de l'ogre.*
4479.	Antonio Tabucchi	*Rêves de rêves.*
4480.	Antonio Tabucchi	*L'ange noir.* (à paraître)
4481.	Ivan Gontcharov	*Oblomov.*
4482.	Régine Detambel	*Petit éloge de la peau.*
4483.	Caryl Férey	*Petit éloge de l'excès.*
4484.	Jean-Marie Laclavetine	*Petit éloge du temps présent.*
4485.	Richard Millet	*Petit éloge d'un solitaire.*
4486.	Boualem Sansal	*Petit éloge de la mémoire.*
4487.	Alexandre Dumas	*Les Frères corses.* (à paraître)
4488.	Vassilis Alexakis	*Je t'oublierai tous les jours.*
4489.	René Belletto	*L'enfer.*
4490.	Clémence Boulouque	*Chasse à courre.*
4491.	Giosuè Calaciura	*Passes noires.*
4492.	Raphaël Confiant	*Adèle et la pacotilleuse.*
4493.	Michel Déon	*Cavalier, passe ton chemin!*
4494.	Christian Garcin	*Vidas* suivi de *Vies volées.*

4495.	Jens Christian Grøndahl	*Sous un autre jour.*
4496.	Régis Jauffret	*Asiles de fous.*
4497.	Arto Paasilinna	*Un homme heureux.*
4498.	Boualem Sansal	*Harraga.*
4499.	Quinte-Curce	*Histoire d'Alexandre.*
4500.	Jérôme Garcin	*Cavalier seul.*
4501.	Olivier Barrot	*Décalage horaire.*
4502.	André Bercoff	*Retour au pays natal.*
4503.	Arnaud/Barillé/ Cortanze/Maximin	*Paris Portraits.*
4504.	Alain Gerber	*Balades en jazz.*
4505.	David Abiker	*Le musée de l'homme.*
4506.	Bernard du Boucheron	*Coup-de-Fouet.*
4507.	Françoise Chandernagor	*L'allée du Roi.*
4508.	René Char	*Poèmes en archipel.*
4509.	Sophie Chauveau	*Le rêve Botticelli.*
4510.	Benoît Duteurtre	*La petite fille et la cigarette.*
4511.	Hédi Kaddour	*Waltenberg.*
4512.	Philippe Le Guillou	*Le déjeuner des bords de Loire.*
4513.	Michèle Lesbre	*La Petite Trotteuse.*
4514.	Edwy Plenel	*Procès.*
4515.	Pascal Quignard	*Sordidissimes. Dernier Royaume, V.*
4516.	Pascal Quignard	*Les Paradisiaques. Dernier Royaume, IV.*
4517.	Danièle Sallenave	*La Fraga.*
4518.	Renée Vivien	*La Dame à la louve.*
4519.	Madame Campan	*Mémoires sur la vie privée de Marie-Antoinette.*
4520.	Madame de Genlis	*La Femme auteur.*
4521.	Elsa Triolet	*Les Amants d'Avignon.*
4522.	George Sand	*Pauline.*
4523.	François Bégaudeau	*Entre les murs.*
4524.	Olivier Barrot	*Mon Angleterre. Précis d'Anglopathie.*
4525.	Tahar Ben Jelloun	*Partir.*
4526.	Olivier Frébourg	*Un homme à la mer.*
4527.	Franz-Olivier Giesbert	*Le sieur Dieu.*
4528.	Shirley Hazzard	*Le Grand Incendie.*
4529.	Nathalie Kuperman	*J'ai renvoyé Marta.*
4530.	François Nourissier	*La maison Mélancolie.*

4531. Orhan Pamuk	*Neige.*
4532. Michael Pye	*L'antiquaire de Zurich.*
4533. Philippe Sollers	*Une vie divine.*
4534. Bruno Tessarech	*Villa blanche.*
4535. François Rabelais	*Gargantua.*
4536. Collectif	*Anthologie des humanistes européens de la renaissance.*
4537. Stéphane Audeguy	*La théorie des nuages.*
4538. J. G. Ballard	*Crash !*
4539. Julian Barnes	*La table citron.*
4540. Arnaud Cathrine	*Sweet home.*
4541. Jonathan Coe	*Le cercle fermé.*
4542. Frank Conroy	*Un cri dans le désert.*
4543. Karen Joy Fowler	*Le club Jane Austen.*
4544. Sylvie Germain	*Magnus.*
4545. Jean-Noël Pancrazi	*Les dollars des sables.*
4546. Jean Rolin	*Terminal Frigo.*
4547. Lydie Salvayre	*La vie commune.*
4548. Hans-Ulrich Treichel	*Le disparu.*
4549. Amaru	*La Centurie. Poèmes amoureux de l'Inde ancienne.*
4550. Collectif	*«Mon cher papa...» Des écrivains et leur père.*
4551. Joris-Karl Huysmans	*Sac au dos* suivi de *À vau l'eau.*
4552. Marc-Aurèle	*Pensées (Livres VII-XII).*
4553. Valery Larbaud	*Mon plus secret conseil...*
4554. Henry Miller	*Lire aux cabinets.*
4555. Alfred de Musset	*Emmeline.*
4556. Irène Némirovsky	*Ida* suivi de *La comédie bourgeoise.*
4557. Rainer Maria Rilke	*Au fil de la vie.*
4558. Edgar Allan Poe	*Petite discussion avec une momie et autres histoires extraordinaires.*
4559. Madame de Duras	*Ourika. Édouard. Olivier ou le Secret.*
4560. François Weyergans	*Trois jours chez ma mère.*
4561. Robert Bober	*Laissées-pour-compte.*
4562. Philippe Delerm	*La bulle de Tiepolo.*
4563. Marie Didier	*Dans la nuit de Bicêtre.*

4564. Guy Goffette	*Une enfance lingère.*
4565. Alona Kimhi	*Lily la tigresse.*
4566. Dany Laferrière	*Le goût des jeunes filles.*
4567. J.M.G. Le Clézio	*Ourania.*
4568. Marie Nimier	*Vous dansez?*
4569. Gisèle Pineau	*Fleur de Barbarie.*
4570. Nathalie Rheims	*Le Rêve de Balthus.*
4571. Joy Sorman	*Boys, boys, boys.*
4572. Philippe Videlier	*Nuit turque.*
4573. Jane Austen	*Orgueil et préjugés.*
4574. René Belletto	*Le Revenant.*
4575. Mehdi Charef	*À bras-le-cœur.*
4576. Gérard de Cortanze	*Philippe Sollers. Vérités et légendes*
4577. Leslie Kaplan	*Fever.*
4578. Tomás Eloy Martínez	*Le chanteur de tango.*
4579. Harry Mathews	*Ma vie dans la CIA.*
4580. Vassilis Alexakis	*La langue maternelle.*
4581. Vassilis Alexakis	*Paris-Athènes.*
4582. Marie Darrieussecq	*Le Pays.*
4583. Nicolas Fargues	*J'étais derrière toi.*
4584. Nick Flynn	*Encore une nuit de merde dans cette ville pourrie.*
4585. Valentine Goby	*L'antilope blanche.*
4586. Paula Jacques	*Rachel-Rose et l'officier arabe.*
4587. Pierre Magnan	*Laure du bout du monde.*
4588. Pascal Quignard	*Villa Amalia.*
4589. Jean-Marie Rouart	*Le Scandale.*
4590. Jean Rouaud	*L'imitation du bonheur.*
4591. Pascale Roze	*L'eau rouge.*
4592. François Taillandier	*Option Paradis. La grande intrigue, I.*
4593. François Taillandier	*Telling. La grande intrigue, II.*
4594. Paula Fox	*La légende d'une servante.*
4595. Alessandro Baricco	*Homère, Iliade.*
4596. Michel Embareck	*Le temps des citrons.*
4597. David Shahar	*La moustache du pape* et autres nouvelles.
4598. Mark Twain	*Un majestueux fossile littéraire* et autres nouvelles.

Composition Imprimerie Floch.
Impression Société Nouvelle Firmin-Didot.
au Mesnil-sur-l'Estrée, le 11 septembre 2007.
Dépôt légal : septembre 2007.
Numéro d'impression : 86554.

ISBN 978-2-07-034708-0/Imprimé en France.

152086